飛猿彦次人情噺

長屋の危機

鳥羽　亮

幻冬舎時代小説文庫

飛猿彦次人情噺

長屋の危機

目次

第一章　ならず者たち

1

彦次《ひこじ》は朝めしを食べ終えると、

「おゆき、何かあったのか」

湯飲みを手にしたまま女房のおゆきに訊《き》いた。

おゆきは朝餉《あさげ》の前から口数がすくなく、顔に困惑の色があった。自分からは、何も喋《しゃべ》らなかったが、彦次はずっと気になっていたのだ。

彦次たちの暮らす棟割《むねわり》長屋の座敷に、彦次と女房のおゆき、それに、独り娘のおきくがいた。三人で朝めしを食べた後、彦次はおゆきが淹《い》れてくれた茶を飲んでいたのだ。

彦次は、二十六歳。仕事は屋根葺《やねふ》きだった。浅黒い顔をしているのは、日焼けのせいである。

おゆきは、二十代半ばだった。彦次と所帯を持って六年の余が経《た》つ。ふたりの間に生まれたおきくは、五歳だった。芥子坊《けしぼう》を銀杏髷《いちょうまげ》に結っている。彦次とおゆきは、独り娘のおきくを目のなかに入れても痛くないほど可愛《かわい》がっていた。

おゆきは、彦次のそばに座り直し、

「ねえ、聞いてますか。長屋に越してきた政造《まさぞう》と助八《すけはち》のこと」

と、眉《まゆ》を寄せて言った。ふたりの男を呼び捨てにしている。ふたりを余程嫌っているようだ。

「噂《うわさ》は耳にしている」

彦次は、ふたりの男が話しているのを目にしたことはあったが、直接話したことはなかった。

長屋の男たちから聞いたところによると、ふたりは半月ほど前、長屋の空き部屋になっていたところに越してきたらしい。兄弟という触れ込みだったが、顔がまったく似ていないので肉親の兄弟ではないようだ。ふたりの物言いからすると、やくざの兄弟分のような間柄かもしれない。

政造と助八は仕事にも行かず、一日中長屋でぶらぶらしていたり、そうかと思うと、どこかに出掛けて、夜中や明け方になってから帰ってきたりしていることも長屋の男たちから聞いていた。

「あたし、おしげさんとおまささんから聞いたんだけど、水汲みに行って井戸端で話をしているとき、通りかかった政造と助八が、邪魔だと言って、おしげさんたちふたりの肩を突き飛ばしたそうですよ」

おゆきが、眉を寄せて言った。

おしげは、長屋に住む権助《ごんすけ》という左官の女房だった。おまさは、竹吉《たけきち》という日傭《ひよう》取《と》りの女房で、子供がふたりいる。

「それで、ふたりは怪我《けが》でもしたのか」

彦次が訊いた。

「おしげさんが転んで、膝《ひざ》を擦《す》り剝《む》いただけらしいけど……」

おゆきはそう言った後、「子供たちも怖がって、外に出て遊ばなくなったらしいの」と、言い添えた。

すると、彦次とおゆきのやり取りを聞いていたおきくが、

「おとせちゃんと、おふくちゃんも、外で遊ばなくなったの。……あたしも、ひとりで家で遊ぶの」

と、悲しそうな顔をして言った。

おとせとおふくは、長屋に住む女の子だった。おきくとは遊び仲間で、井戸端近くに集まって遊んでいるのをよく見掛ける。

「政造と助八を、このままにしてはおけないな」

彦次が、虚空を睨《にら》むように見据えて言った。

「お、おまえさん、政造と助八は、ならず者ですよ。意見などすると、何をされるか分からないわ」

おゆきが、怯《おび》えたような顔をした。

「そうだな」

彦次も、政造と助八に意見などすれば、何をされるか分からないと思った。自分だけでなく、女房子供に手を出すかもしれない。

「困ったわねえ。あたしだって、水汲みに井戸端まで行くのが怖いんだから、子供たちは外で遊べないわね」

おゆきはそう言ってから、困惑したような顔をして口をつぐんだ。

次に口をひらく者がなく、座敷が重苦しい沈黙につつまれたとき、

「そういえば、おれも気になる噂を耳にしたんだがな」

彦次が、小声で言った。

「どんな噂なの」

おゆきが訊いた。そばにいたおきくは、彦次の顔を見つめている。

「いや、長屋とかかわりがあるかどうかは分からないが、長屋の斜向《はすむ》かいに空き家があるだろう。あの空き家が、近いうちに取り壊されるらしいんだ」

彦次が言った。

長屋に出入りする路地木戸のある通りの斜向かいに、空き家があった。七、八年前まで大工の夫婦が住んでいたが、大工が普請中《ふしんちゅう》の家の屋根から落ち、頭を打って亡くなった。子がなくひとりになった女房は、家をそのままにして実家にもどったようだ。

「空き家が取り壊される話、あたしも聞いたわ」

おゆきが、身を乗り出して言った。

「空き家が取り壊された後、何か建つのか」

彦次が、おゆきに目をやって訊いた。

「そのことは、何も聞いてないけど……」

「そうか」

彦次は、ちいさくうなずいただけで何も言わなかった。

「ねえ、今日は何処《どこ》へ仕事に行くんですか」

おゆきが訊いた。

「今日も、佐賀町《さがちよう》だ」

彦次は、このところ佐賀町の仕事場へ出掛けると言って長屋を出ることが多かった。佐賀町は広い町なので、佐賀町と分かっただけでは、探すのが難しい。

彦次は、口にした仕事場に行かないことが少なくなかった。屋根葺きの仕事ではなく他の目的のために、出掛けることが多かったからだ。その行き先や目的を、女房と娘には知られたくなかった。それで、探すのが難しい佐賀町に行くと話すことが多かったのだ。

「今日は、仕事に行くのが、すこし遅くなってもいいのでな。玄沢《げんたく》さんに、政造と助八のことを相談してみるよ」

彦次が、おゆきとおきくに目をやって言った。

後藤《ごとう》玄沢は、長屋に住む牢人《ろうにん》だった。すでに、還暦に近い老齢だが、矍鑠《かくしゃく》として長屋で独り暮らしをつづけていた。生業《なりわい》は研師《とぎし》で、依頼された刀を研いで暮らしをたてている。

2

彦次は家を出ると、玄沢の住む家に足をむけた。

庄兵衛店《しょうべえだな》は、南北に三棟並んでいた。玄沢は南側の棟に住んでいた。どの棟もひっそりとしていた。出職《でしょく》の男たちが長屋を出たせいもあるが、子供たちの声があまり聞こえなかったのだ。政造と助八を恐れて、家のなかに籠《こも》っているのかもしれない。

彦次が玄沢の家の腰高障子《こしだかしょうじ》の前まで行くと、

「彦次か」

すぐに、玄沢の声が聞こえた。足音で、彦次と分かったらしい。

「そうでさァ」

「入ってくれ」

「お邪魔します」

彦次は腰高障子を開けて土間に入った。

玄沢は座敷のなかほどに湯飲みを手にして座っていた。膝先に徳利が置いてある。どうやら、ひとりで酒を飲んでいたらしい。

玄沢のいる一間しかない座敷の一角が、刀の研ぎ場になっていた。狭いが、そこは板張りになっていて、研ぎ桶《おけ》や幾つもの砥石《といし》が置いてあった。

研ぎ場の脇に刀掛けがあり、何本もの刀身が立て掛けてあった。いずれも、玄沢が研いだ刀らしい。錆《さび》や刃こぼれはなく、青白くひかっている。

「彦次、流し場に湯飲みがある。それを持って、座敷に上がってくれ」

玄沢が声をかけた。

「へい」

彦次は土間の隅の流し場に行き、湯飲みを手にして玄沢の脇に腰を下ろした。

玄沢は徳利を手にし、

「飲んでくれ」

と言って、彦次の湯飲みに酒を注《つ》いでくれた。

「いただきやす」

彦次は、湯飲みをかたむけた。酔わない程度に飲むつもりだった。

ふたりは、いっとき酒を飲んだ後、

「彦次、何かあったのか」

と、玄沢が声をあらためて訊いた。彦次が朝のうちに顔を出したので、何かあったと思ったらしい。

「気になることが、ありやしてね」

彦次が、声をひそめて言った。

「長屋のことか」

玄沢の顔から笑みが消えた。彦次にむけられた双眸《そうぼう》に鋭いひかりが宿っている。

玄沢は、彦次がただの屋根葺き職人ではないことを知っていた。

彦次は、飛猿《とびざる》と呼ばれる盗人《ぬすっと》だったのだ。いまは、盗人から足を洗い、屋根葺き職人として女房子供と一緒に暮らしている。そして、密《ひそ》かに長屋の住人の難事に当たり、陰で助けてやることがあった。

数年前、まだ彦次が盗人だったころ、房造《ふさぞう》という老齢の岡っ引きが彦次に目をつけ、長屋の近くまで跡を尾《つ》けてきたことがあった。そのとき、たまたま近くを通りかかった玄沢が、酔ったふりをして房造に絡み、彦次を助けてやった。

そうしたことがあった数日後、彦次が飲み屋で飲んでいたとき、同じ店で飲んでいた盗人らしい男が、「おめえ、飛猿じゃァねえのか」と口にしたことがあった。

そのときも、たまたま近くで飲んでいた玄沢が、盗人らしい男に「わしの弟子に因縁をつける気か」と言って、その男を飲み屋から追い出した。

そうした経緯《いきさつ》があって、玄沢は、彦次が飛猿と呼ばれる盗人であることを知った。だが、玄沢は彦次が飛猿であることをおくびにも出さなかった。そして、これまでどおり同じ長屋の住人として付き合っている。

「政造と助八でさァ」

彦次が、ふたりの名を口にした。

「わしも、政造と助八の無法ぶりは目にしている」

玄沢が眉を寄せて言った。

「政造と助八は、ただのならず者じゃァねえような気がしやす」

彦次が、虚空を睨むように見据えて言った。

「何か、気になることがあるのか」

「へい、ふたり一緒に長屋に住むようになったことが腑《ふ》に落ちねえし、仕事もしてねえふたりが、どうやって食っているのかも気になるんでさァ」

「彦次の言うとおりだな」

玄沢の顔が、険しくなった。政造と助八は、何か特別な目的があって長屋に住んでいるのではないか、と思ったらしい。

彦次と玄沢が厳しい顔をして口をつぐんでいると、戸口に走り寄る足音が聞こえた。ひどく慌てているようだ。

足音は腰高障子の前でとまり、

「玄沢の旦那《だんな》、いやすか！」

と、庄助《しょうすけ》のうわずった声が聞こえた。庄助は、長屋に住む居職《いじょく》の檜物師《ひものし》だった。

長屋の自分の家で檜《ひのき》を薄く削り、火に炙《あぶ》って丸形に曲げ、柄杓《ひしゃく》や筒状の箱などを作っている。

「入れ！」

玄沢が声をかけた。

すぐに腰高障子があき、庄助が土間に飛び込んできた。庄助は、肩で息をしながら、

「い、井戸端で、政造と助八が……」

と、声をつまらせて言った。

「政造と助八が、どうした」

玄沢は、すぐに腰を上げた。そばにいた彦次も立ち上がった。

「水汲みに来た女たちに因縁をつけて」

庄助が、土間で足踏みしながら言った。

「すぐ、行く」

玄沢は、刀の研ぎ場の脇に置いてあった大刀を手にした。

彦次もすぐさま、玄沢と共に外へ出た。

「こっちでさァ」

庄助が先にたって走りだした。

庄助の後に、玄沢と彦次がつづいた。

3

彦次たち三人が井戸の近くまで来ると、男の怒鳴り声と女の悲鳴が聞こえた。

見ると、井戸端に、遊び人ふうの男がふたり、長屋の女房らしい女がふたりいた。その四人からすこし離れた場に、男がひとり蹲《うずくま》っている。

蹲っているのは、長屋の住人の弥七《やしち》だった。弥七は老齢で倅《せがれ》夫婦の世話になって、長屋で暮らしている。その弥七の脇に、手桶が置いてあった。弥七は水汲みに来て、遊び人ふうの男につかまったようだ。

弥七の右袖《みぎそで》が破れ、露《あらわ》になった二の腕に血の色があった。遊び人ふうの男のどちらかに斬《き》られたらしい。

長屋の住人らしい男と女が、遠巻きに十人ほど集まって、井戸端の近くにいる四人の方へ目をやっている。どの顔にも、恐怖の色があった。

近くに、子供たちの姿はなかった。親たちが、巻き添えを食わないように、井戸の近くにいた子供たちを自分の家に連れ帰ったにちがいない。

集まっている男と女たちの間から、「玄沢の旦那だ！」「彦次さんも一緒だぞ」という声が聞こえた。

彦次は、政造と助八につかまっているふたりの女に目をやった。おしげとおまさだった。

ふたりの女の脇に、手桶が置いてあった。ふたりも水汲みに来て、政造たちにつかまったらしい。

彦次たち三人が井戸に近付くと、

「助けて！」

と、おしげが悲鳴のような声を上げた。

彦次と玄沢が、さらに井戸端に近付いた。庄助はふたりからすこし身を引いて、後ろからついていく。

玄沢がふたりの男のそばに立ち、

「女ふたりと、そこに蹲っている男から、離れろ！」

と、語気を強くして言った。

彦次は玄沢の後ろに立って、ふたりの男に目をやっている。

「何だ、てめえたちは！」

兄貴格の政造が、玄沢たち三人を睨みながら言った。

玄沢が一歩前に出て、

「女ふたりから離れなければ、ここで斬るぞ」

そう言って、刀の柄《つか》に右手を添え、抜刀体勢をとった。

「ぬ、抜く気だぜ」

助八が、声をつまらせて言った。恐怖で、顔が引き攣《つ》っている。

「よせ！」

政造が慌てて後退《あとずさ》り、

「おれたちが、悪かった。ちょっと、からかっただけだが、こいつら、本気にしちまったんだ」

と言って、女ふたりと弥七に目をやった。そして、玄沢から間を取ると、「助八、行くぜ」と声をかけ、長屋の路地木戸の方へ走りだした。

そばにいた助八も、慌てて政造の後を追って、その場から逃げた。

玄沢と彦次は、逃げるふたりの男を追わなかった。ふたりの逃げ足が速かったこともあるが、弥七の傷が気になったのである。

玄沢は弥七に近付くと、腰を屈《かが》めて、

「弥七、斬られたのは、腕だけか」

と、訊いた。

「そうでさァ。政造が匕首《あいくち》で、いきなり斬りかかってきやがって」

弥七が、顔をしかめて言った。

「すぐに、家に帰ってな、傷口を水で洗ってから、晒《さらし》で縛っておけ。……晒がなければ、古い着物でも引き裂いて縛ればいい」

玄沢が弥七に言った。それほど深い傷ではないようだ。匕首で、皮肉を浅く切り裂かれただけらしい。

「そうしやす」

そう言って、弥七は立ち上がり、左手で右腕の傷口を押さえた。

そばにいたおしげとおまさは、ほっとした顔をして、

「旦那のお蔭で、助かったよ」

と、言って、玄沢に頭を下げた。

そのとき、黙って聞いていた彦次が、

「あのふたり、女にまで因縁をつけて手を出すとは、とんでもねえ奴らだ」

と、顔をしかめて言った。

「まったく、いやな奴らだよ。……長屋から出ていってもらいたいね」

おしげが言うと、すこし離れた場所で見ていた住人たちが、「すぐに、長屋から出ていけばいい」「顔も見たくないよ」などと、口々に言いつのった。

玄沢は、長屋の住人たちの声を耳にすると、

「ともかく、今日のところは、家に帰れ」

と、井戸端近くに集まっている住人たちに目をやって言った。

玄沢の声で、おしげとおまさがその場を離れ、ほかの住人たちも、それぞれの家に向かった。

彦次は、井戸端の近くにいた長屋の住人たちがその場を離れるのを目にし、

「旦那、あっしらも家《けえ》に帰りやすか」

と、小声で訊いた。

「その前に、政造と助八の住む家を見てみないか。……どうも、気になる。あのふたり、何か理由があって長屋に越して来たのかもしれん」

玄沢が言った。

「行ってみやしょう」

すぐに、彦次が言った。彦次も、政造と助八は何か狙《ねら》いがあって、長屋に越してきたような気がしたのだ。

4

彦次と玄沢は、北側の棟にむかった。政造と助八の住む家は、庄兵衛店の北側の棟にあった。

彦次と玄沢は北側の棟の脇まで来ると、足をとめた。一棟に五軒の家が並び、どの家の戸口にも、同じような腰高障子がたてられていた。障子紙は赤茶けた色をし、所々破れている。

「たしか、手前から二軒目ですぜ」

彦次が、声をひそめて言った。

二軒目の家には、一年ほど前まで男親が左官をしていた一家が住んでいたが、男親が病死したため、母親がふたりの子供を連れて実家のある本所相生町《ほんじょあいおいちょう》に帰ったと聞いていた。

その家に、政造と助八が住むようになったのである。

「誰も、いないようだ」

玄沢が言った。

二軒目の家からは、人声も物音も聞こえなかった。

「政造と助八は、長屋を出たままらしい」

「近付いてみるか」

玄沢と彦次は、二軒目の家の前に立った。

家のなかは、ひっそりとして人のいる気配はない。

「留守ですぜ」

彦次が、小声で言った。

「やはり、政造と助八は長屋を出たままなのだ」

玄沢は、開けるぞ、と小声で言い、腰高障子を開けた。

家のなかは、薄暗かった。人の姿はなく、ひっそりとしていた。ただ、同じ棟の隣の家から、話し声や床を歩く足音などが聞こえてきた。

「男ふたりの家にしては、散らかってないな」

玄沢が小声で言った。

座敷に、行灯《あんどん》と長持などが置いてあり、部屋の隅には、枕屏風《まくらびょうぶ》が立てられていた。布団などの夜具は、枕屏風の後ろに置かれているらしい。

「竈《かまど》を見てみろ」

玄沢が、土間の隅の竈を指差した。

「火を焚《た》いた様子はねえ」

彦次が言った。竈には木の燃え残りや炭などなく、火を焚いた様子がなかった。それに、流し場の棚には丼《どんぶり》や皿などもなく、この家の住人がここで米を炊いて食っていたとは思えなかった。

「政造と助八は飲み食いを、長屋とは別の場所でしていたらしい。ここは、寝泊まりしていただけなのだ。ふたりは、ここに長く暮らすつもりなどないようだ」

玄沢が言うと、

「政造と助八は、仲間より先に長屋に乗り込んできて、住人たちの様子を探っていたのかもしれねえ」

彦次が顔を厳しくして言い添えた。

そのとき、隣の家から物音と話し声が聞こえた。女房らしい声と、まだ幼い男児の声である。

「隣で訊いてみやすか。日傭取りをしている竹吉の家ですぜ」

彦次が声をひそめて言った。

「訊いてみよう」

ふたりは、すぐに隣の家の腰高障子の前に立った。

「だれか、いるかい」

彦次が声をかけた。

すると、急に家のなかが静まり、いっときして、

「だれだい」

と、女の声がした。竹吉の女房のおまさらしい。おまさの声には、警戒している
ような昂《たかぶ》った響きがあった。

「長屋に住む彦次だ。玄沢の旦那も一緒だぜ」

彦次が声をかけた。

すると、家のなかで足音がし、土間に下りる音につづいて腰高障子が開いた。顔
を出したのは、おまさである。

おまさは彦次と玄沢の顔を見ると、ほっとした表情を浮かべた。

「ちと、訊きてえことがあるんだがな」

彦次が声をひそめて言った。

「なに？」

おまさも声をひそめて言い、チラッ、と隣の家に目をやった。どうやら、政造と
助八の住む隣の家が気になっているようだ。

「政造と助八は家にいねえから、気にすることはねえぜ」

彦次が言った。

「あたしも、いないと思ってたんだけど、家の前で足音がしたんで、気になってた

んですよ。彦次さんと玄沢さんだったんですね」

　おまさが、さらに安堵した顔をした。

「それでな。隣に住んでりゃァ、いろんなことが耳に入《へえ》るだろう」

　彦次が言った。

「聞こえますよ。耳にしたくないような話ばっかり」

　おまさが、顔をしかめて言った。

「ちかごろ、ふたりはどんな話をしていたのだ」

　彦次に代わって、玄沢が訊いた。

「賭場《とば》の話ばっかり」

　おまさが、声をひそめて言った。

「博奕《ばくち》で、儲《もう》けた話か」

「それが、博奕の勝ち負けの話じゃなくて、賭場をどうするか、話してるんですよ」

「どこにある賭場の話だ」

　玄沢が訊いた。

「新しくできる賭場の話なんですよ」

「何処に、賭場をひらくのだ」

玄沢が身を乗り出して訊いた。

「長屋の近くらしいんですよ」

おまさが、不安そうな顔をして言った。

「なに！　長屋の近くだと」

玄沢が驚いたような顔をして彦次に目をやり、

「彦次、賭場のことで、何か耳にしているか」

と、訊いた。

「聞いてやせん。……長屋の近くに、賭場をひらくような家はねえはずだ」

彦次が首を捻《ひね》った。

「おまさ、どの家を賭場にするのか、聞いているか。新しく家を建てて、そこを賭場にするとは思えぬ」

玄沢がおまさに訊いた。

「あたしは、長屋の近くに賭場をひらくと聞いただけなんです。どの家でひらくのか、聞いてないねえ」

おまさが、顔に困惑の色を浮かべた。

「そうか」

玄沢は胸の内で、政造と助八が長屋にもどってきたら訊いてみよう、と思った。

5

長屋の井戸端で、政造と助八が騒ぎを起こした翌朝、彦次が朝めしを食べ終え、おゆきが淹れてくれた茶を飲んでいると、戸口に小走りに近付いてくる足音がした。

足音は腰高障子の向こうでとまり、

「彦次、いるか」

と、玄沢の声がした。何かあったのか、気が急いているようだ。

「いやす」

そう言って、彦次は立ち上がった。

そして、土間に下り、腰高障子を開けた。

戸口に、玄沢が立っていた。ひどく慌てている。

「彦次、政造と助八が長屋にもどってきたようだぞ」

玄沢が昂った声で言った。

「ふたりは、いまも長屋にいるんですかい」

「いるらしい。……それが、ふたりだけではないようだ。今朝、長吉《ちょうきち》が長屋の路地木戸の近くで見掛けたらしいが、四人いたらしい」

玄沢が言った。長吉は、長屋に住む手間賃稼ぎの大工である。仕事がない日は、長屋から出ないこともある。

「政造と助八が、仲間を連れてきたんですかい」

彦次が訊いた。

「そうみていいな」

「どうしやす」

「政造たちが、何か悪事を働いたわけではないし、取り押さえるわけにはいかぬな。それに、相手が四人となると、わしと彦次だけではどうにもならぬ。政造たちを叩き出すどころか、わしらが叩き出される」

玄沢が、顔をしかめた。

「黙って見てるしかねえんですかい」

彦次が不服そうな顔をした。

玄沢はいっとき渋い顔をして黙考していたが、

「彦次に頼みたいことがある」

と、声をあらためて言った。

「何です」

「政造と助八と一緒に来た男たちが長屋を出たら、跡を尾けてくれぬか。ふたりが、何者で、どこに塒《ねぐら》があるか知りたいのだ。ふたりのことが分かれば、政造たちの親分が知れるのではないか」

玄沢は、長屋のためにも、政造たちと一緒に来た男たちが何者なのか知りたいらしい。

「承知しやした」

彦次が小声で言った。双眸が底光りしている。飛猿と呼ばれる盗人だったころを思わせるような眼である。

「無理をするな」

玄沢が言った。

「任せてくだせえ」

彦次は、「政造たちの様子を見てきやす」と言い残し、ひとりで政造たちがいるはずの長屋の家にむかった。

玄沢は彦次の後ろ姿に眼をやっていたが、「後は、彦次に任せよう」とつぶやいて踵《きびす》を返した。自分の家に、もどったのだ。


ひとりになった彦次は、北側の棟まで来ると足をとめ、政造と助八の住む二軒目の家に眼をやって耳を澄ませた。

家のなかから、男たちの話し声が聞こえた。政造と助八の名の他に、「政五郎《まさごろう》兄い」「安吉《やすきち》」と呼ぶ声が聞き取れた。どうやら、兄貴格の政五郎と安吉という仲間が、一緒にいるらしい。四人の男は、博奕と賭場の話をしている。

……やはり長屋の近くに、賭場をひらくつもりらしい。

彦次は胸の内でつぶやいた。

政造たち四人の話のなかに、長屋近くの空き家を賭場にする話が出てきたのだ。それに、親分の名が分かった。権造《ごんぞう》という男である。

彦次は、権造という親分の名を聞いたことがあった。伊勢崎町《いせざきちょう》から今川町《いまがわちょう》、それに佐賀町から堀川町界隈《ほりかわちょうかいわい》まで縄張りにしている男である。

ただ、彦次は権造の名と縄張りのことは聞いていたが、権造の住処《すみか》も、子分たちがどれほどいるのかも知らなかった。これまで聞いた話だと、権造は表に顔を出すことは滅多になく、陰で子分たちを動かすことが多いらしい。それで、彦次も、権造の顔を見たことはなかった。

それからいっときすると、男たちの声がやみ、腰高障子が開いた。そして、戸口から四人の男が出てきた。政造と助八、それに一緒に来たふたりの男である。ふたりは政五郎と安吉であろう。

政造は戸口から出ると、大柄な男に「政五郎兄い、また来てくだせえ」と声をかけた。

その声で、大柄な男が政五郎で、もうひとりが安吉であることが知れた。

「政造、また来る」

政五郎はそう言い、安吉とふたりで戸口から離れた。

一方、政造と助八は戸口で足をとめ、政五郎と安吉を見送っている。

彦次は素早くその場を離れ、足早に井戸端近くまで行って、長屋の棟の陰に身を隠した。そして、政五郎と安吉が来るのを待った。玄沢の指示どおり、ふたりの跡を尾けて、行き先を突き止めようと思ったのだ。

いっときすると、政五郎と安吉が姿を見せた。ふたりは、何やら話しながら井戸の方へ歩いてくる。

彦次は、政五郎と安吉が長屋の路地木戸から出るのを待ち、棟の陰から出てふたりを尾け始めた。

政五郎たちは、路地を歩いて仙台堀《せんだいぼり》沿いの道に出た。庄兵衛店は、仙台堀の近くにあったのだ。

政五郎たちは仙台堀沿いの通りに出ると、西に足をむけた。通りの先には、大川《おおかわ》が流れていた。道沿いの店や仕舞屋《しもたや》の向こうに、大川の川面《かわも》が見える。

政五郎たちは仙台堀沿いの道を西にむかい、大川端の道に出た。そして、仙台堀にかかる上《かみ》ノ橋《はし》を渡って川下にむかった。

彦次は小走りになった。政五郎たちが上ノ橋を渡った後、家の陰になってその姿が見えなくなったからだ。

6

彦次が上ノ橋のたもとまで来て川下に眼をやると、大川端沿いの道を川下にむかって歩いていくふたりの男の姿が見えた。政五郎と安吉である。

彦次は足を速め、政五郎たちに近付いた。大川端沿いの道は行き来する人の姿が多く、近付いても気付かれないからだ。

その辺りは、深川佐賀町だった。道沿いにある蕎麦屋《そばや》、一膳《いちぜん》めし屋、飲み屋などの飲み食いできる店が目についた。仕事帰りの男や遊び人ふうの男などが、店に立ち寄るようだ。

政五郎たちは、縄暖簾《なわのれん》を出した飲み屋の前で足をとめ、慣れた様子で戸口の縄暖簾を分けて店内に入った。

……贔屓《ひいき》にしている店のようだ。

　彦次はそうつぶやき、足早に飲み屋の戸口に身を寄せた。政五郎たちの会話を聴こうと思ったのだ。

　彦次は、飛猿と呼ばれる盗人だっただけあって、音をたてずに戸口に身を寄せたり、家のなかの話し声を聞き取ったりすることに長《た》けていた。ただ、その場に長くはいられない。彦次の姿が、通りを行き来する人の目にとまるからだ。

　店のなかから、「あら、いらっしゃい」という女の声が聞こえた。女将《おかみ》であろう。

「女将、一杯、もらうかな」

　つづいて、政五郎の声が聞こえた。

「政五郎の旦那、小上がりがあいてますから、上がってくださいな」

　女将が、政五郎の名を口にした。

　どうやら、政五郎はこの店の常連客らしい。

　それからいっときして、彦次は飲み屋の前から離れた。いつまでも店の戸口に立っていると、通りかかった者に不審の眼をむけられるからだ。

　彦次は、近所の店で政五郎たちのことを訊いてみるつもりだった。政五郎たちのことを知っている者がいるだろう。

彦次は、半町ほど先に一膳めし屋があるのを目にとめた。腹も空《す》いていたので、店に立ち寄って話を訊いてみようと思った。

表戸を開けて店に入ると、畳敷きの広い座敷に何人もの客が腰を下ろし、めしを食ったり酒を飲んだりしていた。どうやら、この店はめしだけでなく、酒も出すらしい。

彦次は、座敷の隅のあいている場所に腰を下ろした。

待つまでもなく、店の小女《こおんな》が彦次のそばに来て、注文を訊いた。

「先に酒を頼む」

彦次はそう言った後、

「ちと、訊きてえことがあるんだがな」

と言って、小女にそばに来るよう手招きした。

小女は戸惑うような顔をしたが、彦次のそばに来た。

「この先に、小料理屋があるな」

彦次が小声で言った。

「はい」

小女の顔から不審そうな色は消えなかった。

「知り合いの政五郎という男が、店に入ったのを目にしたんだが、政五郎は小料理屋によく来るのかい」

彦次が、声をひそめて訊いた。政五郎たちを探っているとは言えなかったので、知り合いということにしておいた。

「政五郎さんは、小料理屋によく来るようですよ。小料理屋の女将さんから政五郎さんのこと、聞いたことがあるんです」

小女が、彦次に身を寄せて言った。顔がほんのり赤くなり、目に好奇の色がある。女将と政五郎の関係を推測したのだろう。

「政五郎の塒は、この近くにあるのかい」

彦次が訊いた。

「し、知りません」

「小料理屋によく来るなら、塒もこの近くにあるんじゃァねえのか」

「政五郎さん、夜、遅くなってから帰ることもあるから、家は近くかもしれません」

小女が小声で言った。

彦次は、さらに小女に身を寄せ、

「政五郎は家に帰らずに、泊まることもあるんじゃァねえのか」

と、声をひそめて訊いた。

「あたし、知らないけど……。政五郎さんが、朝になってから店を出るのを見たことはあります」

小女が頰《ほお》を赤らめて言った。

「やっぱりそうか。政五郎は、今夜、小料理屋に泊まるかもしれねえな」

彦次がつぶやいた。

「あ、あたし、いつまでも話してると、旦那さんに叱《しか》られる」

小女は、その場から離れたいような仕草をした。

「すまねえ。めしも運んでくんな」

そう言って、彦次は小女を解放した。近所で聞き込めば、政五郎の塒も知れると思ったのだ。

それから、彦次は、小女が運んできた酒とめしで腹拵《はらごしら》えをしてから一膳めし屋を出た。

彦次は一膳めし屋から離れると、

……まだ、政五郎は店にいるかな。

と、胸の内でつぶやき、小料理屋の脇の暗がりに身を寄せた。いなければ、明日出直して、近所で聞き込んでみるつもりだった。

小料理屋のなかから、嬌声《きょうせい》や男の濁声《だみごえ》が聞こえてきた。嬌声の主は、女将らしい。男は客であろう。

ただ、政五郎の声は、聞き取れなかった。

彦次が小料理屋の脇に来て間もなく、小料理屋の格子戸《こうしど》が開いた。姿を見せたのは、職人風の若い男と年増《としま》だった。年増は女将らしい。

若い男は、客らしい。女将は客を見送りに店から出てきたようだ。ふたりは、戸口で何やら小声で話していたが、若い男が卑猥《ひわい》な話でもしたらしく、

「嫌だね、この男《ひと》」

と言って、笑いながら男の肩を叩いた。

「女将、また来るぜ」

若い男はそう言い残し、小料理屋の戸口から離れていった。

女将は男が店から離れると、踵を返して店にもどり、格子戸を閉めてしまった。

男はひとり、大川端の道を川下にむかって歩いていく。

……あの男に、訊いてみるか。

彦次は、小料理屋の脇の暗がりから出て男の後を追った。

7

「ちょいと、すまねえ」

彦次が、男の後ろから声をかけた。

男は驚いたような顔をして彦次を見た後、

「あっしですかい」

と、声を大きくして訊いた。大川の流れの音で、小声だとよく聞き取れないのだ。

「いま、小料理屋から出てきたのを目にしてな。……訊きてえことがあるんだ」

彦次はそう言った後、「歩きながらで、いい」と言い添え、川下にむかってゆっくりと歩きだした。

　男は彦次と肩を並べて歩きながら、

「何を聞きてえんです」

　と、自ら訊いた。

「小料理屋に、政五郎兄ぃは、いなかったかい」

　彦次は、政五郎兄ぃと呼んだ。男から政五郎のことを聞き出すために、そう口にしたのである。

「いやした」

　すぐに、男が答えた。

「政五郎兄ぃには、昔世話になったんだが、ちょいとへまをやっちまってな。しばらく、顔を合わせたくねえのよ。……それで、おめえに訊いてみたんだ」

　彦次は、咄嗟《とっさ》に頭に浮かんだことを口にした。

「そうですかい」

　男は口許《くちもと》に薄笑いを浮かべた。彦次の話を信じたらしい。

「ところで、ちかごろ政五郎兄ぃは弟分の安吉と一緒に伊勢崎町に出掛けることが多いようだが、おめえ知ってるかい」

　彦次は、男に訊いてみた。

「知ってやすよ」

　男が素っ気なく言った。

「情婦《いろ》でも、いるのかい」

　彦次は、政五郎が弟分の安吉と一緒に庄兵衛店に住む政造と助八のところに来ているのを知っていたが、男に喋らせるためにそう訊いたのである。

「情婦はいやせん」

　男が薄笑いを浮かべて言った。

「情婦のところじゃァねえのか。……政五郎兄いたちは、何をしに伊勢崎町に出掛けてるんだい」

　さらに、彦次が訊いた。

「賭場らしいですぜ」

　男が、声をひそめて言った。

「伊勢崎に、賭場があるのかい」

彦次は、男に喋らせるためにそう訊いた。

「いまはねえが、近いうちに賭場をひらくそうでさァ。その準備のために、伊勢崎町に出掛けてるらしいんです」

「何！　賭場をひらく準備だと」

思わず、彦次の声が大きくなった。

「そ、そうらしい」

男が驚いたような顔をし、声をつまらせて言った。彦次が、急に大きな声を出したからだろう。

「伊勢崎町のどの辺りに、賭場をひらくつもりなんだい」

さらに、彦次が訊いた。

「と、賭場をひらく場所は、聞いてねえ」

男の顔に、困惑の色が浮いた。彦次が執拗《しつよう》に訊くからだろう。

「賭場をひらくために、新たに家を建てるわけじゃあるめえ」

かまわず、彦次は訊いた。政造や助八が、長屋の近くに家を建てるための動きや準備をしていないことを知っていたからだ。

「賭場をひらく家の目星はついてるようですぜ」

男が素っ気なく言った。

「その家は、伊勢崎町にあるのかい」

「そうらしい」

男は戸惑うような顔をして、すこし足を速めた。彦次が執拗に訊くので、不審に思ったらしい。

彦次は男を追わなかった。追っても、男はそれ以上話さないとみたのである。それに、知りたいことは、あらかた聞きだした。

彦次は、遠ざかっていく男の背を見つめながら、

……玄沢の旦那に知らせよう。

と、胸の内でつぶやいた。

彦次は大川端の道を川上にむかって足早に歩いた。すでに、辺りは夜陰につつまれ、頭上の月が、大川の川面を青白く染めていた。人声は聞こえず、大川の流れの音だけが轟々《ごうごう》と耳を聾《ろう》するほどに聞こえてくる。

彦次は仙台堀にかかる上ノ橋を渡ると、堀沿いの道を東にむかった。そして、庄

兵衛店の前に通じている道まで来ると、左手に折れた。

いっとき歩くと、道沿いに長屋が見えてきた。遅くなったせいか、長屋の灯《ひ》の色はわずかだった。長屋の住人の多くは、寝ているようだ。

彦次は、長屋につづく路地木戸をくぐった。彦次の家に、灯の色があった。同じ棟の他の家は、夜陰につつまれている。おゆきは、家に帰らない彦次のことを心配して起きていたのだろう。

8

彦次は腰高障子の前に立つと、

「おゆき、もどったぞ」

と、声をかけてから腰高障子を開けた。

彦次が土間に入ると、座敷にいたおゆきはすぐに土間のそばに来て、

「おまえさん、何処へ行ってたんです。あたし、心配で……」

と、涙声で言った。

見ると、座敷の隅に敷いた布団に包《くる》まって、おきくが眠っていた。いつもと変わらぬ可愛い寝顔である。

「すまねえ。長屋に越してきた政造と助八のことでな、玄沢の旦那と相談して、何者なのか探りに行ってたんだ」

彦次は正直に話した。

これまでも、彦次は玄沢とふたりで、長屋の住人がかかわった事件で、住人の命を守ったり、攫《さら》われた娘を助け出したりしてきた。そのことは、おゆきも知っている。

「玄沢さまから話は聞いていたけど……。あたし、おまえさんのことが心配で、眠れなかったんだから……」

おゆきはそう言った後、「夕飯は食べたんですか」と涙声で訊いた。

「食った。一膳めし屋でな」

彦次はそう言って、座敷に上がった。

彦次は自分の家にもどってから、玄沢の家にも顔を出そうと思ったが、明日にすることにした。おゆきと顔を合わせると、これから、玄沢の家に行く、とは言い出せなくなったのだ。

翌朝、彦次はいつもより遅くまで寝ていた。そして、おゆきが仕度した朝餉を親子三人で食べ、一息ついた後、

「玄沢さんのところへ行ってくる。……すぐに、もどる」

と、おゆきに言って、戸口から出た。

どういうわけか、おゆきとおきくは苦情も言わずに、彦次を戸口まで出て見送ってくれた。

……今日は、家に帰るしかねえな。

彦次はつぶやいて、苦笑いを浮かべた。

彦次が玄沢の家の前まで行くと、腰高障子の向こうで、土間を歩く足音が聞こえた。

彦次は、腰高障子の前に立ち、

「玄沢の旦那、いやすか」

と、声をかけた。すると、足音がとまり、

「彦次か。入ってくれ」

と、玄沢の声が聞こえた。

「お邪魔します」

彦次は声をかけてから、腰高障子をあけた。

玄沢は、土間の隅の流し場の前に立っていた。手に茶碗《ちゃわん》や湯飲みなどを持っている。朝餉を終え、器類《うつわるい》を片付けていたらしい。

「彦次、朝めしはどうした」

玄沢が、土間に入ってきた彦次に顔をむけて訊いた。

「朝めしを食ってから来やした」

「わしは、いま朝めしを終えたところだが……。茶でも飲むか」

「茶も、飲んできたんでさァ」

彦次は、玄沢の手を煩わせたくなかったので、そう言ったのだ。

「そうか」

玄沢は土間から座敷にもどると、彦次も座敷に上げた。

玄沢は彦次と対座すると、

「長屋をあけたようだが、無事だったようだな」

そう言って、彦次の体に目をむけた。

「へい、二人の男のことを探ってきやした」

彦次が、言った。いつになく、彦次は真剣な顔付きをしている。

「何か知れたか」

玄沢が身を乗り出して訊いた。

「知れやした。二人の名は政五郎と安吉。政五郎たちの親分は、権造という男でさァ」

彦次は、権造が伊勢崎町から今川町、それに佐賀町から堀川町界隈まで縄張りにしている親分であることを話した。

「大親分だな」

「子分たちも、大勢いるようですぜ」

「それで、権造の子分の政五郎たちは、何のために長屋に住んでいるのだ」

玄沢が訊いた。

「はっきりしたことは分からねえが、あっしが聞き込んだところによると、伊勢崎町に賭場をひらくために、政造や助八を長屋に住まわせているようでさァ」

「賭場をひらくのは、この長屋の近くなのか」

玄沢がさらに身を乗り出して訊いた。

「分からねえが、賭場にする家は決まっているそうで」

「うむ……」

玄沢はいっとき黙考していたが、

「いずれにしろ、長屋の近くの家が賭場に使われるのではないか」

と、語気を強くして言った。

「あっしも、そうみてやす。……政造と助八が長屋に住んでいるのも、賭場をひらく準備のためですぜ」

「そうかもしれん」

玄沢は、虚空を睨むように見据えている。

「旦那、どうしやす。長屋の近くに賭場ができたら、暮らしづらくなりやすぜ」

「そうだな。長屋の男たちからも、賭場に出入りして博奕に溺《おぼ》れる者が出てくる。仕事に行かなくなり、暮らしが荒れ、離縁したり、金のために自分の娘を女衒《ぜげん》に売ったりする者も出てくるぞ」

玄沢が言った。

「権造が、長屋の近くに賭場をひらくのを見過ごすわけにはいかねえ」

彦次もまた、虚空を睨むように見据えた。

「長屋の近くに、賭場をひらかせなければいいのだ」

玄沢も、いつになく厳しい顔をして言った。

第二章　黒幕

1

「旦那、早く何とかしねえと、権造たちの思いどおりになっちまいやす」

彦次が眉を寄せて言った。

彦次がいるのは、長屋の玄沢の家だった。彦次は朝餉を食べ終えた後、玄沢に話があって来たのだ。

「彦次、何かあったのか」

玄沢が、湯飲みを手にしたまま訊いた。朝餉の後、茶を飲んでいたのだ。彦次の膝先にも、湯飲みが置いてあった。彦次にも、茶を淹れてくれたのである。

「政造と助八の家に、仲間が三人も来てやしてね。三人が路地木戸から入《へえ》ってきたとき、井戸端にいた長屋の女房が、怖がって逃げ出したんでさァ」

彦次が、女房のおゆきから聞いたことを言い添えた。

「その三人は、いまも政造たちの家にいるのか」

玄沢が訊いた。

「いやす」

「その三人、政造たちの家に来ただけで、おとなしく帰ればいいが……」

玄沢が眉を寄せた。

「やつら、賭場をひらく準備のために来ているのかもしれねえ」

「そうだな。まだ、何処かはっきりしないが、長屋の近くらしいからな」

「旦那、賭場ができて、博奕が始まったら面倒ですぜ」

彦次の顔が厳しくなった。

「こうやって、政造たちのやるのを黙ってみていると、手遅れになるな」

玄沢は、何か手を打たねばと、とつぶやいて、虚空を睨むように見据えた。そして、いっとき黙考していたが、何か思い付いたのか、彦次に顔をむけ、

「八吉《やきち》の手を借りるか」

と、声高に言った。

　八吉は岡っ引きだった。仙台堀の近くに住んでいる。事件の探索にあたっていないときは、仙台屋《せんだいや》という縄暖簾を出す飲み屋をやっていた。仙台堀沿いに店を出したので、仙台屋という店名にしたようだ。

　これまでも、彦次と玄沢は、長屋がかかわった事件で、八吉の手を借りたことがあった。

「八吉親分か」

　彦次が、苦笑いを浮かべた。彦次は盗人だったことがあるので、岡っ引きの八吉の前だと気が引けるのだ。

　ただ、八吉は彦次が盗人だったことを知らないらしく、彦次を特別な目で見るようなことはなかった。

「一杯やりながら、八吉に話してみよう」

　そう言って、玄沢が立ち上がった。

　彦次と玄沢は、長屋の路地木戸を出てから仙台堀沿いの道に入った。そして、大川とは反対方向に二町ほど歩くと、通り沿いにある仙台屋が見えてきた。店先に縄暖簾が出ている。

まだ、酒を飲むには早いせいもあって、店内はひっそりとしていた。客はいないらしい。

彦次と玄沢は、縄暖簾をくぐって店内に入った。客の姿はなく、右手の奥にある板場で、男と女の声がした。八吉と女房のおあきが何か話している。

「八吉親分、いるかい」

彦次が声をかけた。

すると、板場から聞こえていた話し声がやみ、「客のようだぜ」という八吉の声がし、右手の奥の板戸が開いた。

八吉が顔を出し、

「玄沢の旦那、彦次、腰を下ろしてくんな」

と、ふたりに声をかけた。

玄沢と彦次は、土間に置かれた飯台《はんだい》を前にし、腰掛け代わりに置かれた空《あ》き樽《だる》に腰を下ろした。

「酒を頼む。肴《さかな》は何がある」

玄沢が訊いた。

「まだ、早《はえ》えので、漬物と大根の煮物ぐれえしかありやせんぜ」

八吉が、首をすくめて言った。

「漬物と煮物を頼む」

「すぐに、酒と肴を持ってきやす」

そう言い残し、八吉は板場にもどった。

いっときすると、板場から八吉とおあきが顔を出した。おあきは、でっぷり太っており、丸顔で、目が細かった。おかめのような顔である。

八吉が銚子《ちょうし》を手にし、おあきが盆に載せて、猪口《ちょこ》と肴の入った小鉢を持ってきた。

玄沢が八吉に、

「長屋のことで話しておきたいことがあってな」

と、小声で言った。

八吉は顔の薄笑いを消し、「噂は耳にしてやす」と小声で言った。

おあきは、男たちの仕事の話らしい、と気付き、酒と肴を並べ終えると、

「何かあったら、声をかけてくださいな」

そう八吉に小声で言い、玄沢と彦次に頭を下げると、板場にもどってしまった。

玄沢は銚子の酒を猪口に注いで、いっとき飲んでから、

「八吉、長屋のことで何を聞いたのだ」

と、小声で訊いた。

「やくざ者が、長屋に住んでるって話は聞いてやす」

八吉が言った。玄沢と彦次にむけられた目に、腕利きの岡っ引きらしい鋭いひかりがあった。

「そうだが、ただ住んでいるだけではないらしい」

玄沢が言った。

「何かあったんですかい」

「何か起こるのは、これからだ」

玄沢の顔に、ふだんと違う厳しい表情があった。

「住み着いているのは、政造と助八という男だが、ちかごろは政五郎と安吉という男も出入りしている」

「そいつら、権造という男の子分ですぜ」

八吉が身を乗り出して言った。

「さすが、八吉だ。権造のことも知っていたか」

玄沢が、彦次に目をやり、

「彦次から、話してくれ」

と、小声で言った。

「長屋に出入りしている政五郎と安吉というならず者を尾けたら、親分が権造だと知れたんでさァ」

彦次は、そう言って一息ついた後、

「権造が長屋に政造や助八を送り込んだ狙いは、賭場らしいですぜ」

と、声をひそめて言った。

「博奕を、長屋の近くでひらくつもりなのかい」

八吉が訊いた。

「そうらしいですぜ。賭場をひらく準備のため、政造や助八が長屋に住んでいると言ってもいいと思いますがね」

「長屋の近くに、賭場をひらくような家があるかね。まさか、家を新築するわけじゃあるめえ」

「その家も決まっているらしいが、まだ、どの家か分からないんでさァ」

彦次が、視線を膝先に落とした。

次に口をひらく者がなく、その場が重苦しい沈黙につつまれたとき、

「どうでしょうね、長屋に住み着いている政造と助八を捕らえて、話を訊いたら」

八吉が、玄沢と彦次に目をやって言った。

「だが、政造たちは長屋に住み着いているだけで、何か悪事を働いたわけではないぞ」

玄沢が言った。

「なに、何とでも理由をつけられまさァ。……博奕に手を出したことにしてもいいし、金を脅しとったことにしてもいい」

八吉が、「あっしに、任せてくだせえ」と言い添えた。

「よし、八吉に任せる」

そう言って、玄沢は手にした猪口の酒を飲み干した。

彦次も、玄沢にならって酔わない程度に酒を飲んだ。

2

彦次、玄沢、八吉の三人が仙台屋を出たのは、八ツ（午後二時）近くになってからだった。

三人は庄兵衛店に来ると、まず玄沢の家に腰を落ち着けた。

「政造と助八は、長屋にいるかな」

玄沢が言った。

「あっしが、様子を見てきやしょう」

そう言って、彦次が立ち上がった。

「わしと八吉は、ここにいる」

玄沢が言った。

「すぐに、もどってきやす」

そう言い残し、彦次はひとりで玄沢の家から出ていった。

いっときすると、彦次がもどってきて、

「ふたりとも、いやす」

と、玄沢たちに知らせた。

「政造と助八だけか」

玄沢が念を押すように訊いた。

「ふたりだけでさァ。ふたりで、酒を飲んでやした」

「よし、ふたりを捕らえよう」

玄沢が言うと、

「生け捕りにしてくだせえ」

八吉が念を押すように言った。

「そのつもりだ。ふたりから、訊きたいことがあるからな」

玄沢が言うと、彦次もうなずいた。

彦次、玄沢、八吉の三人は、政造と助八の住む北側の棟にむかった。そして、北側の棟の脇まで来ると、手前から二軒目の家に目をむけた。

「戸口まで、行きやすぜ」

彦次がそう言って、足音を忍ばせ二軒目の家の戸口まで来た。後続の玄沢と八吉も、戸口の腰高障子に身を寄せた。

家のなかから、男たちの声が聞こえた。政造と助八である。ふたりはすこし酔っているらしく、物言いがはっきりしなかった。

「開けやす」

彦次が声をひそめて言い、腰高障子を開けた。

彦次、玄沢、八吉の三人は、すばやく家の土間に踏み込んだ。狭い座敷のなかほどで、政造と助八は酒を飲んでいた。ふたりの膝先に、徳利が置いてある。

「何だ、てめえたちは！」

政造が怒鳴った。

「兄い、長屋の玄沢と彦次だ！」

助八が、目を剝いて言った。

「おれたちを、どうする気だ」

政造は立ち上がると、懐から匕首を取り出して身構えた。目がつり上がり、歯を剝き出している。

助八も脇に置いてあった匕首を手にして身構えたが、体が震えている。

「匕首を捨てろ！　痛い思いをするだけだぞ」

玄沢は抜刀すると、刀身を峰に返した。政造と助八を生きたまま捕らえるつもりだったのだ。

「お上に、盾突く気か！」

八吉が、十手《じって》を取り出した。

玄沢は刀を手にしたまま土間から座敷に上がり、政造の前に立った。

「政造！　観念しろ」

玄沢が声をかけ、一歩踏み込んだ。

そのとき、匕首を胸の前で構えていた政造が、

「死ね！」

叫びざま、匕首を前に突き出すように構えて踏み込んできた。

咄嗟に、玄沢は右手に体を寄せ、刀を横に払った。一瞬の太刀《たち》捌《さば》きである。

次の瞬間、政造の匕首は玄沢の肩先をかすめて空を切り、玄沢の刀身は政造の腹を強打した。

政造は匕首を取り落とし、よろめいた。そして、足がとまると、両手で腹を押さ

えてうずくまった。苦しげな呻き声を上げている。

　このとき、八吉が助八に十手をむけ、

「匕首を捨てろ！」

　と、声をかけて一歩踏み込んだ。

　助八は恐怖で体を震わせ、

「そこをどけ！」

　と、叫び、匕首を前に突き出すようにして八吉に迫ってきた。必死の形相である。

　八吉は素早く右手に体を寄せて、助八からすこし離れた。

　すると、助八は匕首を手にしたまま前に踏み出した。前が開いたので、そのまま逃げようとしたらしい。

「逃がさねえぜ」

　八吉が踏み込みざま、手にした十手で助八の右手を強打した。

　ギャッ、と悲鳴を上げ、助八は手にした匕首を取り落として、前によろめいた。

　それでも、助八は体勢を立て直し、土間へ下りて逃げようとした。

「逃がさねえ！」

叫びざま、彦次が後ろから助八に飛び付いた。そして、足を助八の足にからめて前に押し倒した。

俯《うつぶ》せに倒れた助八は、這《は》って土間へ逃げようとしたが、八吉が前に立ち塞《ふさ》がった。

「助八、観念しろ！」

八吉は、十手を助八の鼻先に突き付けた。

助八は、その場にへたり込んだ。観念したのか、もはや逃げようとはしなかった。

「ふたりに縄をかけやす。手を貸してくだせえ」

八吉が、彦次と玄沢に声をかけた。

八吉は彦次と玄沢の手を借り、政造と助八のふたりに縄をかけた。長年、岡っ引きをやっているだけあって、なかなか手際がいい。

3

「どうしやす、このふたり」

彦次が、八吉に訊いた。

「ここだと、口を割らねえな」

そう言って、八吉がいっとき口をつぐんでいると、

「わしの家を使え。人を斬る刀はいくらでもある。ふたりが喋らなければ、わしが刀の切れ味を試してやる」

玄沢が、政造と助八に目をやって言った。

彦次たち三人は、捕らえた政造と助八を玄沢の家に連れ込んだ。

「座敷に上がれ」

玄沢は、捕らえてきた政造と助八を座敷に座らせた。ふたりは、並べてある刀に目をやり、顔を強張《こわば》らせた。

「どれも、わしが研いだ刀でな。よく斬れるぞ。死にたければ、一太刀で首を斬り落としてやる」

玄沢が、政造と助八に目を据えて言った。

そして、八吉に目をやり、「先に、おまえから訊いてくれ」と小声で言い添えた。

八吉は政造と助八の前に立つと、

「おめえたちの親分は、だれだい」

と、ふたりを見つめて訊いた。

政造と助八は、戸惑うような顔をして口をつぐんでいたが、

「権造親分でさァ」

と、政造が言った。親分の名を隠しても仕方がないと思ったのだろう。

「佐賀町界隈を縄張りにしている男だな」

八吉が、念を押すように言った。

「そうでさァ」

政造は隠さなかった。

「おめえたちふたりがこの長屋に住むようになったのは、権造の指図があったからか」

「…………」

八吉が訊いた。

政造と助八は、答えなかった。

「それとも、仕事のために長屋に越してきたとでもいうのかい」

「仕事のためじゃァねえ」

政造が小声で答えた。

「権造の指図だな」

「そうで……」

政造が、首をすくめて言った。

「権造は、どうしておめえたちを長屋に住まわせたんだい」

「長屋に住んでるやつらが近くに賭場ができると知って、どんな動きをするか、探るように言われたんでさァ」

「やはり、そうか」

八吉は政造と助八の前から身を引き、「おふたりから、訊いてくだせえ」と言って、玄沢と彦次に目をやった。

「あっしが、訊いてみやす」

彦次が、玄沢に言った。

「訊いてくれ」

玄沢がうなずいた。

「おれが訊きてえことは、ひとつだ。……おめえたちは、どこに賭場をひらくつもりだ」

彦次が、語気を強くして訊いた。

「長屋の近くだ」

政造が言った。

「まさか、新しく家を建てるつもりじゃァあるめえ」

「空き家だ」

政造が小声で言った。

「空き家だと。……大工の夫婦が、住んでいた空き家か」

「そうだ。……あの家に手を入れれば、いい賭場になる」

政造が言った。

「あの家を、賭場にはさせねえ」

彦次が身を乗り出して言った。

すると、そばにいた玄沢も、

「あの家は、庄兵衛店と近過ぎる。……長屋の路地木戸近くに、博奕場を造らせることは、できぬ」

と、語気を強くして言った。

次に口をひらく者がなく、その場が重苦しい沈黙につつまれたとき、

「あっしと助八は、長屋の男たちに目を配って、何か動きがあったら知らせるように言われただけでさァ。……旦那たちのことは、何も言わねえ。それに、あっしらはすぐに長屋を出やす。ですから、あっしと助八を見逃してくだせえ」

政造が、彦次、玄沢、八吉の三人に目をやって言った。

「政造、死にたいのか」

玄沢が政造を見つめて言った。

「……………！」

政造の体が震えだした。そばにいた助八も、青褪《あおざ》めた顔で身を震わせている。

「考えてもみろ。おまえたちは勝手に長屋を出て、親分の権造や子分たちに何と言うのだ。正体がばれたので、長屋から逃げてきたとでも言うつもりか。……権造は、おまえたちふたりを喜んで迎えてくれるか。下手をすれば、おまえたちふたりは、他の子分たちへの見せしめのために殺される」

「そ、そうかも、しれねえ」

政造の顔から、血の気が引いた。

助八もさらに顔を青褪めさせ、体を大きく震わせている。

「どこか、しばらく身を隠すところはあるか」

玄沢が訊いた。

「ねえ……」

政造が身を震わせて言った。

すると、政造の脇にいた助八が、

「遠いけど、あっしの叔父が品川で、旅人相手の笠屋《かさや》をやってやす。店を手伝えば、しばらく置いてもらえるはずでさァ」

と、小声で言った。

「命が惜しかったら、すぐに長屋を出て、品川へ向かえ。権造の住処のある佐賀町は通らず、新大橋《しんおおはし》を渡って、日本橋に出るんだな」

玄沢が念を押すように言った。

4

政造と助八が玄沢の家を出て、ふたりの足音が聞こえなくなったとき、

「権造たちが賭場にするつもりの空き家を見てきやすか」

と、彦次が玄沢と八吉に目をやって言った。

「そうするか」

玄沢が立ち上がると、すぐに八吉も腰を上げた。

彦次、玄沢、八吉の三人は、長屋の路地木戸を出ると、空き家のある方へ足をむけた。

空き家は長屋から近かったので、目にすることは多かったが、彦次たちはやくざの親分がその家で賭場をひらくなどとは思ってもみなかった。

いっとき歩くと、すぐに空き家が見えてきた。通りからすこし入ったところに、家は建っている。近くに店屋や他の家はなく、家のまわりが空き地になっていた。空き地は長く人の手が入らないために雑草に覆われている。

彦次は長屋の子供たちが空き地で遊んでいるのを目にしたことがあったが、ちかごろは子供たちも空き地に近寄らないようだった。長く放置されているので、丈の高い雑草が空き地を覆い、子供たちの遊び場には適さなくなったのだ。

彦次たち三人は空き家の近くまで行って、路傍に足をとめた。

「権造は、この家に目をつけたわけか」

玄沢が、空き家に目をやりながら言った。

「賭場には、いい場所かもしれねえ」

彦次が言った。家の敷地が広く、しかも家は通りから離れたところに建っていた。通りすがりの者の耳に家のなかの話し声や物音はとどくだろうが、話の内容までは聞き取れないはずだ。それに、そこは人通りのすくない場所なので、賭場になっているいると知らない者はただの仕舞屋と思うだろう。

「敷地は広いし、人目につきにくいな」

八吉が言った。

「政造と助八を長屋から追い出したが、権造はここを賭場にすることを諦《あきら》めないだろうな」

玄沢が言うと、

「権造は諦めねえ。……子分たちを使って、別の手を打ってくるはずだ」

八吉は、睨むように空き家を見つめている。

「ともかく、この家に目を配ることだな」

そう言って、玄沢が踵を返した。これ以上、三人で空き家を見ていても仕方がないのだ。

彦次たち三人は空き家の近くから離れ、長屋にむかって歩きだした。

そのとき、空き家の脇から男がふたり、姿をあらわした。ふたりとも、権造の子分だった。空き家の様子を見に来ていたのだ。

「政次《まさじ》、あいつら、空き家を探ってたようだぜ」

大柄な男が言った。この男が兄貴格のようだ。

「元次郎《もとじろう》兄い、跡を尾けてみやすか」

政次が言った。

「そうだな。長屋のやつらだと思うが、念のため尾けてみるか」

元次郎と政次は、空き家の脇から雑草で覆われた空き地を通って、長屋の前につづく道に出た。

ふたりは通行人を装い、彦次たちの跡を尾け始めた。

彦次たち三人は尾行者に気付かず、長屋の路地木戸をくぐって敷地内に入った。そして、玄沢の家に足をむけた。玄沢が、彦次と八吉に、「茶でも、飲んでいけ」と誘ったからである。

彦次たちの跡を尾けてきた政次と元次郎は、彦次たちが長屋の路地木戸を入るのを目にすると、

「あいつら、長屋に入りやしたぜ。どうしやす」

政次が訊いた。

「三人の名だけでも知りてえ。親分の耳に入れるとしても、名も分からねえんじゃァ、話しようがねえ」

「まだ跡を尾けやすか」

「気付かれねえようにな」

元次郎と政次は、路地木戸をくぐった。

ふたりは、彦次たち三人に気付かれないように、すぐに長屋の棟の陰に身を隠した。そこから、彦次たちに目をやっている。

彦次たちは背後を振り返ってみることもなく、三人で話しながら歩いていく。そして、玄沢の家に入った。三人で一休みするつもりだった。

跡を尾けてきたふたりは、彦次たちが、長屋の家に入るのを目にすると、

「あの三人の名だけでも、聞いておくか」

と、元次郎が言った。

「そうしやしょう」

「ここで、やつら三人のことを訊けばいい」

元次郎が言い、ふたりは長屋の棟の陰に身を隠したまま長屋の住人が通りかかるのを待つことにした。

いっとき待つと、すこし腰の曲がった男の年寄りが目に入った。年寄りは、元次郎たちのいる場にゆっくりとした足取りで歩いてくる。

「あのじいさんに、訊いてみるか」

そう言って、元次郎が棟の陰から出た。

年寄りは、目の前にあらわれた男を見て、驚いたような顔をして足をとめた。

「すまねえ。驚かしちまったかい」

元次郎が、笑みを浮かべて言った。

「お、おれに、何か用かい」

年寄りが、声をつまらせて訊いた。

「てえしたことじゃァねえんだがな。ちょっと前《めえ》に、二本差しが長屋に入るのを見たのよ。……この長屋には、二本差しも住んでるのかい」

元次郎が、穏やかな声で訊いた。

「住んでるよ。玄沢の旦那でな、刀の研師をやってるよ」

年寄りは、隠さずに話した。

「玄沢ってえ名かい。他に、ふたりいたんだがな。ひとりは、若い男だ」

さらに、元次郎が訊いた。

「ああ、彦次さんと、御用聞きの八吉さんだよ。……三人が、長屋から出ていくのを見たから知ってるんだ」

「御用聞きも、一緒かい」

元次郎が、驚いたような顔をして訊いた。

「八吉さんは、長屋に住んでるわけじゃァねえが、彦次さんや玄沢さんと、懇意にしているようだ」

「そうかい」

元次郎が口を閉じると、

「話があるなら、玄沢さんの家に寄ってみるといい。家はその棟だから……」

年寄りはそう言って、南側の棟を指差した。

「またにするよ。用もねえ男が、いきなり顔を出したら驚くだろうからな」

元次郎はそう言うと、年寄りに、「手間を取らせたな」と声をかけ、政次と路地木戸から出ていった。

5

彦次は玄沢たちと、賭場になるらしい空き家を見に行った翌朝、長屋の家で茶を飲んでいた。女房のおゆき、独り娘のおきくと一緒に、朝めしを食べ終えた後である。

五ツ（午前八時）ごろだった。彦次は一休みした後、玄沢の家に顔を出してみるつもりだった。何事もなければ、屋根葺きの仕事に出てもいいと思っていた。もっとも、久しく屋根葺きの仕事場に顔を出していないので、親方が仕事をまわしてくれるかどうか分からない。

彦次は、そろそろ腰を上げようかと思い、残りの茶を飲み干した。そのとき、戸口に近付いてくる足音がした。

……玄沢さんだ。

彦次は、足音で玄沢と分かった。

足音は腰高障子の向こうでとまり、「彦次、いるか」と玄沢の声がした。ふだんと違って昂った響きがある。何かあったのかもしれない。

「いやす」

彦次は、すぐに腰を上げた。玄沢が腰高障子を開けて入ってこないのは、女房と娘に聞かせたくない話だからだろう。

彦次が腰高障子を開けて外に出ると、

「彦次、話がある」

　玄沢が声をひそめて言った。

　彦次は玄沢と一緒に戸口から離れると、

「何かありやしたか」

　すぐに、訊いた。

「いや、八吉から聞いたのだがな。長屋の路地木戸からすこし離れたところに、遊び人ふうの男が四人いてな。長屋の様子を探っているらしいぞ」

　玄沢が口早に言った。

「権造の子分たちですかい」

「そうみていいな」

　玄沢が顔を厳しくして言った。

「政造と助八を長屋から追い出したので、長屋の住人をつかまえて、おれたちのことを探るつもりでいるのかもしれねえ」

　彦次が言った。

「わしも、そうみた」

「どうしやす」

「探るだけならいいが、わしらだけでなく、長屋の者にも手を出すかもしれんぞ」

玄沢が、昂った声で言った。

「相手は五人か」

彦次は、玄沢とふたりだけでは、相手に遅れをとるとみた。玄沢は腕が立つが、彦次は、刃物を持った敵をふたり以上相手にして勝てる自信はなかった。

「長屋の男たちの手を借りるか」

玄沢が言った。

長屋には、居職の者もいた。玄沢もそうだが、家にいてもできる唐傘《からかさ》張りや団扇《うちわ》作りなどをしている男もいたのだ。

「あっしが、声をかけてきやすぜ」

そう言い残し、彦次は小走りに長屋をまわった。

小半刻《こはんとき》（三十分）ほどすると、彦次は五人の男を連れてもどってきた。いずれも近くの家に住む居職の男たちである。

その男たちの背後に、何人かの長屋の女房連中や子供たちの姿もあった。女子供は遠方に立って、男たちに不安そうな目をむけている。

玄沢は集まった男たちに近付くと、

「遊び人たちが長屋に踏み込んできたら、わしが、石を投げろと声をかけるから、遠くから石を投げてくれ。いいか、踏み込んできた男たちに近付くなよ」

と、念を押すように言った。玄沢は、男たちから犠牲者を出したくなかったのだ。

「承知しやした！」

長屋で、団扇作りをしている保吉《やすきち》という男が声高に言うと、他の男たちがうなずいた。

そのとき、長屋の路地木戸近くにいた彦次が、近付いてくる五人の男を目にした。いずれも、ならず者や遊び人ふうの男たちである。権造の子分たちにちがいない。

彦次は、すぐに玄沢たちのそばにもどり、権造の子分たちが五人、踏み込んでくることを知らせた。

五人の男は、路地木戸の近くまで来ると、

「あそこに、長屋の男たちが集まっているぞ！」

浅黒い顔をした大柄な男が、路地木戸の先を指差して言った。五人のなかでは、兄貴格らしい。

「男は、何人もいねえ。……皆殺しにしてやれ」

さらに、大柄な男が言った。

すぐに、五人の男が路地木戸から踏み込んできた。そして、玄沢と彦次、それと長屋の男たちのいる方に足をむけた。

踏み込んできた男たちのなかには、長脇差《ながわきざし》を手にしている者もいた。いずれも血走った目をして、路地木戸の先にいる玄沢と彦次、それに長屋の男たちに近付いてきた。

玄沢と彦次たちは逃げずに、足許にある小石を拾った。踏み込んできた男たちに、石を投げるつもりだった。

男たちは彦次たちに近付くと、大柄な男が、

「殺《や》っちまえ！」

と、声をかけた。

そのとき、玄沢が、

「石を投げろ！」

と、長屋の男たちに声をかけた。

彦次と男たちは、手にした小石を、踏み込んできたならず者や遊び人ふうの男にむかって投げた。

小石がバラバラと飛び、踏み込んできた男たちに幾つも当たった。男たちは悲鳴を上げ、刃物を持たない左手で頭を覆って後退りした。

これを見た長屋の男たちは勢いづき、さらに小石を拾って投げ続けた。すこし離れた場にいた女たちや子供たちまでが、喚声を上げながら、踏み込んできた男たちにむかって小石を投げた。ほとんどの小石は踏み込んできた男たちまで届かず、近くに転がったが、踏み込んできた男たちを恐れさせる効果はあった。

逃げる男たちのなかで、最後尾にいた男が何かにつまずいて、地面に俯せに倒れた。男は立ち上がろうとしたが、立ち上がれず、肘《ひじ》で這って逃げようとした。倒れたときに、足の骨でも折れたのかもしれない。

「助けてくれ！」

男は逃げる仲間たちに声をかけたが、仲間たちは足をとめなかった。路地木戸の方へ逃げていく。

6

「みんな、ならず者たちは追い払ったぞ」

玄沢が、近くにいた長屋の男や子供たちに目をやって言った。

すると、子供たちの間から、「やったぞ！」「悪いやつらを、追い払ったぞ」「あんなやつら、怖かァねえ」などという声が、あちこちで聞こえた。

子供たちのそばにいた女房連中も、「あたしも、石を投げてやったよ」「女でも、みんなでやれば、悪いやつらを追い払えるね」などと言い合っていた。女房連中も興奮して、声が昂っている。

玄沢と彦次は、路地木戸の近くに蹲っている男に近付いた。男はつまずいて倒れたときに、足を骨折したらしい。

男は右足の膝の下を両手で押さえて、顔をしかめていた。足が痛むようだ。

「どうしたい」

彦次が、男に目をやって訊いた。

男は顔を上げて彦次と玄沢を見たが、何も言わなかった。いっそう苦しげに顔をしかめただけである。

「足の骨が折れたのか」

玄沢が訊いた。

「そ、そうらしい……」

男が声を震わせて言った。

「仲間たちは、おまえを見捨てて逃げたぞ」

「ちくしょう！」

男は顔をしかめ、吐き捨てるように言った。興奮と怒りで、体が顫《ふる》えている。

「ここにいると、長屋の者たちになぶり殺しになる」

彦次が言った。

「…………！」

男の顔が、恐怖で歪《ゆが》んだ。

「わしらふたりが、助けてやる」

玄沢が言った。

男は驚いたような顔をして、玄沢と彦次を見た。男は、この場で殺されると思っていたらしい。ところが、玄沢は、助けてやる、と口にしたのだ。

彦次は男の脇に膝を折って屈むと、男の左腕をとって肩にかけ、

「立てるか」

と、声をかけた。

「へ、へい……」

男は左足だけで、立ち上がった。やはり、右足の骨が折れているらしい。

彦次は右腕を男の腹の辺りにまわし、

「近くの家まで、辛抱しろ」

と言って、ゆっくりと歩きだした。

男は体を彦次にあずけ、左足だけで跳ぶようにしてその場を離れた。

彦次と玄沢が男を連れていったのは、玄沢の家だった。

男は、仕事場に並べられている多くの刀身を見て、驚いたような顔をした。長屋の住人には縁のない刀が並べられていたからだろう。

「刀を研ぐのが、わしの仕事だ」

玄沢はそう言って、連れてきた男を座敷に上げた。

男は両足を畳に投げ出して腰を下ろした。右足が痛むらしく、顔をしかめている。

「おまえの名は」

玄沢が訊いた。

「寅造《とらぞう》でさァ」

男は、隠さずに名乗った。

「寅造、先に足の手当てをしてやる」

玄沢はそう言うと、座敷の隅に置いてあった長持をあけて晒を取り出した。そして、土間に下り、竈の脇に置いてあった薪《たきぎ》のなかから、薄くまっすぐな物を選んだ。当て木にするつもりらしい。

玄沢は、寅造の右足の膝の下に選んだ木を当て、

「彦次、押さえてくれ」

と、声をかけた。

彦次は、腕を伸ばして当て木を押さえた。すると、玄沢は巧みに晒を巻きつけて、右足を縛った。

「これでいい。しばらく辛抱すれば、これまでどおり歩けるようになる」

玄沢は、こうしたことに慣れていた。長屋の住人が怪我をしたとき、見てやることがあったのだ。

「だ、旦那、すまねえ。旦那たちに、助けてもらうなんて……」

寅造が涙声で言った。

「そう気にするな。わしらは、おまえに恨みがあるわけではない」

玄沢はそう言った後、

「親分の権造は、長屋の近くに賭場をひらくつもりらしいな」

と、声をあらためて訊いた。

「そう聞いてやす」

寅造は隠さず答えた。

「賭場をひらくには、この長屋が邪魔なのか」

玄沢が念を押すように訊いた。

「邪魔なわけじゃァねえが……」

すぐに、寅造が言った。

「それにしては、わざわざ子分を長屋に住まわせたり、こうして子分たちに長屋を襲わせたりするのはどういうわけだ」

玄沢が訊いた。

「いずれ、この長屋を取り壊すつもりなんでさァ」

寅造が、玄沢と彦次に目をやって言った。

「長屋を取り壊すだと！」

玄沢の声が、大きくなった。彦次も驚いたような顔をして、寅造を見つめている。

「長屋を取り壊した後に、料理屋を建てるつもりなんでさァ」

寅造が言った。

「料理屋だと！」

玄沢が聞き返した。

「そうでさァ。……親分はこの界隈を自分の縄張《しま》にし、情婦《いろ》に、料理屋の女将をやらせるつもりなんで。そうすりゃァ賭場に行くのにも近《ちけ》えし、情婦とも楽しめる」

「勝手なことを、させるか！」

玄沢が、さらに声を大きくした。顔が怒りで、赤黒く染まっている。

彦次の顔にも、強い怒りの色があった。

その日、暗くなってから寅造を帰した。寅造はしばらく、本所番場町《ほんじょばんばちょう》に住んでいる兄の家に身を隠すという。

本所番場町は伊勢崎町や佐賀町からは遠方なので、権造や子分たちから身を隠すことができそうだ。

7

権造の子分たちが五人、長屋に踏み込んできた二日後の朝、日傭取りをして暮らしをたてている竹吉が、玄沢の家に顔を出した。竹吉は、ひどく不安そうな顔をしている。

玄沢は仕事場で刀を研いでいたが、土間近くまで行って、

「竹吉、何かあったのか」

と、訊いた。

「だ、旦那、路地木戸の近くに、ならず者が三人もいやした」

竹吉が、声を震わせて言った。

「いまもいるのか」

「いやす」

「竹吉、すまぬが、彦次をここに連れてきてくれないか」

玄沢が言った。まだ、彦次は長屋にいるはずだった。路地木戸の近くにいる男たちが何者なのか分からなかったが、相手によっては早く手を打たねばならない。すぐに、彦次の手を借りたかった。

「すぐ、彦次を呼んできやす」

そう言い残し、竹吉は戸口から飛び出していった。

待つまでもなく、竹吉が彦次を連れてもどってきた。

「路地木戸に、男たちがいるようですぜ」

彦次が、玄沢の顔を見るなり言った。

「そうらしい。……三人で、様子を見てこよう」

玄沢は、すぐに土間に下りた。

彦次、玄沢、竹吉の三人は、すこし間をとり、長屋の脇に身を寄せて路地木戸に近付いた。路地木戸近くにいる三人の男に気付かれないように注意をはらったのである。

彦次たちは路地木戸の近くまで来ると、長屋の棟の陰に身を隠すようにして、路地木戸に目をやった。

「いやす、木戸の先に」

竹吉が路地木戸を指差して言った。

見ると、路地木戸の先に男が三人いる。三人とも見覚えのない男だが、長屋を見張っているようだ。

彦次たち三人はすぐに路地木戸の脇に体を寄せて、三人の男からは見えない場所に立った。

「あの三人、権造の子分にちげえねえ」

彦次が言った。

「それにしても、執念深いやつらだな。まだ、長屋を乗っ取るつもりでいるのか」

玄沢が苛立《いらだ》った顔で言った。

「やつら、長屋からおれたち住人を追い出すまで、こうやって襲うつもりですぜ」

彦次は、顔を憤怒《ふんぬ》の色に染めた。

そばにいた竹吉の顔にも、怒りと不安の色があった。

「どうする」

玄沢が、彦次に目をやって訊いた。

「やつらに、勝手な真似《まね》はさせねえ。三人をつかまえて、痛め付けてやりやしょう」

彦次が言うと、

「あっしも、手を貸しやすぜ」

竹吉が目をつり上げて言った。

「よし、長屋を見張っている三人をつかまえよう。彦次と竹吉とで長屋をまわって、男を五、六人集めてくれ。……家に天秤棒《てんびんぼう》か、六尺棒があったら持ってくるように話してくれ」

玄沢が言った。

「すぐ、集めてきやす！」

彦次が言い、竹吉とふたりで長屋にもどった。

いっときすると、彦次と竹吉が、長屋の男たちを五人集めてきた。五人とも居職で、自分の家で仕事をしている。

五人は、天秤棒や六尺棒を手にしていた。家にあった物を持ってきたようだ。

「相手は、路地木戸の先にいる三人だ」

玄沢が指差して言った。

三人の男は、路地木戸からすこし離れた場にいることもあって、肩先や膝から下辺りしか見えなかった。

彦次たちは、三人の目にとまらない場所にいたのだ。

「彦次、長屋の棟の裏手を通って、三人の後ろにまわってくれ」

玄沢が声をかけた。

長屋の棟の裏手は、雑草で覆われた狭い空き地につながっていた。空き地と道沿いにある家の脇を通れば、三人の男のいる後方に出られる。

「やつらの後ろに、まわりやす」

彦次はそう言い残し、集めてきた五人のうち三人の男を連れて、長屋の棟の裏手にまわった。

その場に残ったのは、玄沢と竹吉、それに長屋から連れてきたふたりの男だった。玄沢たち四人は、長屋を見張っている三人の男に目をやっている。

彦次たちは、なかなか姿を見せなかった。玄沢たちが路地木戸から出て通りの先に目をやろうとしたとき、

「彦次たちですぜ！」

竹吉が、路地木戸の先を指差して言った。

見ると、路地木戸からすこし離れた場所にいる三人の男の先に彦次たちの姿があった。彦次たちは、足早に三人の男の方に近付いていった。三人の男は、彦次たちに気付かないようだ。

「わしらも、行くぞ」

玄沢が、そばにいる竹吉たちに目をやって言った。

玄沢たち四人は、路地木戸から外に出た。

三人の男は、近付いてくる玄沢たちを見て、驚いたような顔をした。そして、逃げようとして反転した。

だが、三人の男はその場から動かなかった。前方から、足早に近付いてくる彦次

たち四人の姿を目にしたからだ。

「挟み撃ちだ！」

浅黒い顔をした男が叫んだ。

他のふたりは、周囲に顔をむけて逃げ場を探している。だが、三人ともその場から動かなかった。

通り沿いには仕舞屋や店屋が並び、近くに逃げ込む脇道がなかったのだ。

三人が逃げ場を探しているところに、玄沢たち四人が走り寄った。彦次たち四人も、足早に近付いてくる。

三人のなかの大柄な男が、懐《ふところ》から匕首を取り出し、

「ちくしょう！」

と、叫びざま、玄沢にむかって踏み込んできた。逃げ場がなく、捨鉢《すてばち》になったらしい。

玄沢は素早く抜刀し、刀身を峰に返しざま横に払った。一瞬の太刀捌きである。

大柄な男が振り下ろした匕首は、玄沢の肩先を掠《かす》めて空を切り、玄沢の峰打ちは男の腹を強打した。

男は、グワッ、という呻き声を上げ、匕首を取り落としてよろめいた。そして、足がとまると、その場に蹲った。苦しげな呻き声を上げている。

「竹吉、縛ってくれ」

玄沢が声をかけると、その場にいた竹吉と他のふたりが、蹲っている男を取り囲むように立った。

背後に立った竹吉は帯に挟んでいた手拭《てぬぐ》いを取り出し、ふたりの男に手伝わせて、男の両腕を後ろにとって縛った。

そうしている間に、彦次と他の男たちが手拭いや持っていた細紐《ほそひも》を取り出し、立っているふたりの男の両腕を縛った。ふたりの男は、長屋の男たちが大勢だったこともあって観念したのか、抵抗しなかった。

「三人を長屋に連れていくぞ」

彦次が、長屋の男たちに声をかけた。

第三章　襲撃

1

「おまえの名は」

玄沢が、大柄な男を見据えて訊いた。

彦次は黙っていた。この場は、玄沢に任せようと思ったのだ。

庄兵衛店の玄沢の家に、五人の男がいた。彦次と玄沢、それに捕らえた三人の男である。

三人の男は、後ろ手に縛られていた。彦次たちと一緒にいた長屋の男たちは、それぞれの家に帰っていた。玄沢の家は狭く、大勢の男が腰を下ろすと、捕らえた三人の男を尋問することができない。それで、自分の家に帰ってもらったのだ。

大柄な男は口をつぐんでいたが、

「峰造《みねぞう》でさァ」

と、やがて小声で名乗った。今更、名を隠しても、仕方がないと思ったのだろう。

玄沢は、峰造の脇に座っている痩身の男と浅黒い顔をした男にも名を訊いた。ふたりは、峰造が名乗ったこともあって、名を隠さなかった。

痩身の男が又造《またぞう》で、もうひとりの浅黒い顔をした男が、永次郎《えいじろう》という名だった。

「わしの名は玄沢だ。……名は聞いているな」

玄沢が訊いた。

すると、峰造が「名は聞いてやす」と小声で言い、又造と永次郎もうなずいた。

「ここにいる男も、知っているな」

玄沢が、脇に腰を下ろしている彦次に手をむけて訊いた。

「彦次兄いですかい」

峰造が、首をすくめて言った。捕らえられたことで、下手に出たようだ。それに、三人とも下っ端らしい。

「彦次でいい。兄いは、いらねえ」

彦次が、苦笑いを浮かべて言った。

玄沢は、彦次が口をつぐんだのを見て、

「おまえたちが、長屋を見張っていたのは、どういうわけだ」

と、峰造に目をやって訊いた。

峰造は戸惑うような顔をしていたが、

「玄沢の旦那と彦次兄いが長屋を出たら、跡を尾けるように言われて、路地木戸に目をやってやした」

と、言った。そばにいた又造と永次郎が、首をすくめるようにうなずいた。

「それだけか」

玄沢に代わって、彦次が訊いた。

「ふたりの行き先をつきとめ、権造親分に知らせるように言われてやした」

峰造が言った。

「長屋を出たおれたちの行き先をつきとめ、仲間と一緒に襲う気だったんじゃァねえのかい」

「他にも、ありやす」

すぐに、峰造が言った。玄沢や彦次と話しているうちに、隠す気が薄れたらしい。

「他に、何がある」

　脇から、玄沢が訊いた、

「……………」

　峰造は、戸惑うような顔をしたが、

「旦那たちがいなくなった留守に長屋に踏み込んで、女子供を何人か連れ出すんでさァ」

　と、小声で言った。

「なに、女子供を連れ出すだと！」

　玄沢の声が、大きくなった。

　彦次も驚いたような顔をして、峰造を見た。

「女子供を人質にとれば、旦那たちは、おれたちに手が出せなくなりやす」

　峰造が言った。

「汚い手をつかう」

　玄沢の顔が、憤怒に赤黒く染まった。

　彦次も、怒りに顔を染めている。そのとき、彦次の胸に、おゆきとおきくが権造の子分たちに連れ去られたときのことが過《よぎ》ったのだ。

玄沢と彦次が黙っていると、

「あっしらは、親分の指図で、仕方なく長屋を見張ってたんでさァ」

と、峰造が言った。

すると、そばで話を聞いていた又造が、

「長屋を見張るのはやめやすから、あっしらを帰《けえ》してくだせえ」

と、口を挟んだ。

峰造のそばにいた永次郎は、権造たちと縁を切ると口にした。

「駄目だ。帰《けえ》すわけにはいかねえ」

彦次はそう言った後、

「ところで、親分の権造だが、おめえたちが、おれたちにつかまったことを知ったら、どう出る。何か、別の手を打ってくるんじゃァねえのか」

と、訊いた。

永次郎と又造は、口をつぐんで顔を見合わせたが、

「子分たちを集めて、長屋を襲うかもしれねえ」

永次郎が言った。

「長屋にいるおれたちを襲うのか！」

彦次の声が、大きくなった。玄沢も、驚いたような顔をしている。

「そうでさァ。長屋の男たちが仕事に出るころを見計らって踏み込み、玄沢の旦那と彦次兄いを襲うかもしれねえ。……親分たちは、長屋の近くに賭場をひらくのを、玄沢の旦那と彦次兄いが邪魔してるとみてるんでさァ」

「うむ……」

彦次が、顔をしかめた。言われてみれば、権造たちが賭場をひらこうとしているのを自分と玄沢が邪魔しているのは事実である。

彦次と玄沢が口をつぐんでいると、

「あっしらを、帰《けえ》してくだせえ」

峰造が言った。

「駄目だ、殺されるぞ！」

玄沢が、語気を強くして言った。

永次郎と又造が、驚いたような顔をして玄沢に目をむけた。

「三人が、わしらに捕らえられたことは、すぐに権造に知れる。権造は無傷で帰ってきたおまえたちを見て、どう思う。訊かれたことを隠さず話したので、帰されたと思うだろうな。……ちがうか」

「そうかもしれねえ」

峰造が言った。顔から血の気が引いている。

「権造は、おまえたち三人を子分たちの前で始末するぞ。そうしないと、子分たちに示しが付かないからな」

「あ、あっしらは、どうすればいいんで……」

峰造が、声を震わせて言った。

又造と永次郎は、青褪めた顔で口をつぐんでいる。

「しばらく、身を隠す場所はあるか」

玄沢が訊いた。

峰造は、いっとき虚空に目をやって記憶をたどるような顔をしていたが、

「い、行き場は、ねえ」

と、声を震わせて言った。

すると、又造と永次郎も、権造の目のとどかないところに、身を隠すような塒はないと小声で言った。

「ほとぼりが冷めるまで、長屋の空いている家に身を隠してろ」

玄沢が言った。

そこは政造と助八が住んでいた家で、今は空いたままになっている。大家に話せば、峰造たちがしばらく寝泊まりするのを承知してくれるだろう。

2

彦次は朝めしを食べ終えた後、おゆきが淹れてくれた茶を飲んでいた。一休みした後、屋根葺きの仕事に行くつもりだった。久しく仕事に出ていなかったので、懐が寂しくなっている。

玄沢が彦次の懐具合を知っていて、黙っていても都合してくれるので暮らしていけるが、いつまでも玄沢に頼るわけにはいかない。

ただ、仕事場に行っても仕事があるかどうか分からない。とにかく、知り合いの屋根葺きの家を訪ね、仕事場を訊いてまわってみるのだ。仕事がなければ、別の仕事場を紹介してもらう手もある。

彦次が湯飲みの茶を飲み終え、腰を上げようとしたときだった。戸口に小走りに近寄ってくる足音がした。

……玄沢の旦那だ。

彦次は、足音ですぐに玄沢と分かった。

足音は戸口でとまり、「彦次、いるか！」と玄沢の昂った声が聞こえた。

「いやす！」

彦次はすぐに立ち上がった。

玄沢は、腰高障子を開けて入ってこなかった。家にいるおゆきとおきくに聞かせたくない話らしい。

彦次は、腰高障子を開けて外に出た。

「彦次、ならず者が何人か長屋に踏み込んできたらしいぞ」

玄沢が彦次に身を寄せて小声で言い、「長屋の女房連中が、知らせに来たのだ」と言い添えた。

「そいつら、どこへ行ったんです」

彦次が、声をひそめて訊いた。

「峰造たちのいる家の方だ」

「仲間が、峰造たちを助けに来たのか」

彦次が、峰造たちのいる棟の方に目をやって言った。

「ともかく、行ってみよう」

玄沢が先にたった。

玄沢と彦次は、北側の棟にむかった。

ふたりが、北側の棟の近くまで来たときだった。北側の棟の脇から、男が三人走り出た。三人とも、長屋の住人ではなかった。遊び人ふうの男たちである。

「あの三人ではないか。峰造たちの家にむかったのは」

玄沢が足をとめ、腰に帯びた刀の柄に手を添えた。

彦次は、すばやく別の棟の脇に身を寄せた。玄沢のそばにいては、玄沢が刀をふるう邪魔になるのだ。

三人の男は、前方に立ち塞がった玄沢を見て、

「何だ、あいつは！」

と、先頭にいた大柄な男が言った。

この男が、兄貴格らしい。三人のなかでは年上に見えたし、兄貴分らしい物言いである。

玄沢は無言で抜刀し、刀身を峰に返した。峰打ちにするつもりだった。

「刀を抜いたぞ！」

痩身の男が言った。

「相手は、ひとりだ。やっちまえ！」

大柄な男が、懐に手をつっ込んで匕首を取り出した。すると、他のふたりも匕首を手にした。

三人の男はすこし腰を屈め、手にした匕首を顎《あご》の下や胸の前に突き出すように構えた。三人は血走った目をして、ジリジリと玄沢に迫ってくる。

玄沢と三人の男の間が二間《けん》ほどに狭まったとき、正面にいた大柄な男が、

「死ね！」

と、叫びざま、匕首を前に突き出して踏み込んできた。

咄嗟に、玄沢は左手に体を寄せざま、刀身を横に払った。一瞬の太刀捌きである。大柄な男の匕首は空を突き、玄沢の切っ先は、大柄な男の右袖を切り裂いたが、腕までとどかなかった。

大柄な男は、玄沢の脇を擦り抜けると、背後にまわって大きく間合をとった。男は足をとめずに、そのまま路地木戸の方にむかった。逃げたのである。

すると、痩身の男が匕首を手にして、玄沢に迫ってきた。もうひとりの小柄な男は、痩身の男の背後から近付いてくる。

「くらえ！」

痩身の男が、踏み込みざま手にした匕首を袈裟《けさ》に払った。

だが、間合が遠く、匕首は玄沢から離れた虚空を切り裂いた。

タアッ！

鋭い気合を発し、玄沢が刀身を袈裟に払った。だが、間合が遠いため、玄沢の切っ先は痩身の男までとどかなかった。

痩身の男は玄沢との間合が空くと、大柄な男につづいて逃げだした。痩身の男も逃げようとして仕掛けたらしい。

後に残ったのは、小柄な男だった。青褪めた顔をし、手にした匕首が震えている。

「ふたりは、逃げたぞ！　匕首を捨てろ」

玄沢が声高に言った。

男は目をつり上げ、

「殺してやる！」

と、叫びざま、匕首を前に突き出して踏み込んできた。必死の形相である。

玄沢は右手に体を寄せざま、男の匕首を狙って刀身を振り下ろした。

カチン、という金属音と同時に、男の手にした匕首が叩き落とされた。

「動くな！」

玄沢は、素早い動きで刀の切っ先を男の首にむけた。

男は目を剝き、その場に突っ立った。体が震えている。

そこへ、彦次が走り寄った。

「彦次、この男を連れてきてくれ。殺すのは、可哀《かわい》そうだ」

玄沢が言った。

彦次は、素手のまま男の後ろにつき、

「逃げようとすれば、その場で旦那に斬られるぞ」

と、小声で言い、玄沢につづいて峰造たち三人のいる家にむかった。

3

峰造たちがいるはずの家は、ひっそりとしていた。

彦次は、家の腰高障子の前まで来て、

「峰造、いるか」

と、声をかけた。

だが、返事はなかった。

彦次が腰高障子を開けて、家のなかを覗《のぞ》いた。そばにいた玄沢も、彦次の脇から家のなかに目をやった。

座敷に、三人の男が横たわっていた。畳が、血に染まっている。

「殺《や》られたのか！」

玄沢が言った。

「やつら、峰造たちを助けに来たんじゃァねえ。殺しに来たんだ」

彦次の顔が、憤怒で歪んだ。

「仲間を殺しに来たのか」

玄沢の顔も、怒りに染まった。

そのとき、座敷に横たわっている三人のうちのひとりが、首をもたげ、苦しげな呻き声を漏らした。

「ひとり、生きてる!」

彦次が声を上げた。

「永次郎だ」

玄沢が言った。部屋には、永次郎、峰造、又造の三人がいたが、首をもたげたのは、永次郎ひとりだった。峰造と又造は血に染まり、ピクリとも動かない。

彦次と玄沢は、敷居を跨《また》いで土間に入った。すると、永次郎はふたりの姿を目にしたらしく、這うようにして土間に近付いてきた。

永次郎は、肩から胸にかけて袈裟に斬られていた。小袖が裂け、血に染まっている。

永次郎は彦次たちのそばまで来ると、顔を上げ、

「あ、あいつら、おれたちを殺しに来たんだ」

と、声を震わせて言った。憤怒で、顔が歪んでいる。

「権造の指図だな。……権造は、子分でも平気で殺す惨《むご》い男だ」

玄沢はそう言って、土間から上がった。

そして、彦次に手伝わせて、永次郎の上半身を起こしてやった。

永次郎はその場に胡座《あぐら》をかき、玄沢と彦次に目をやると、

「す、すまねえ」

声を震わせて言った。

永次郎の傷は、それほど深いものではなかった。

「この傷なら、命を落とすようなことはない」

玄沢がそう言った後、

「ち、ちくしょう、何が親分だ！　殺してやりてえ」

永次郎が、声を震わせて言った。

「わしらも、権造にこの長屋から追い出されそうになっているのだ。追い出された

ら、長屋に住む者の行き場がない」

そう言って、玄沢は間をとった後、

「権造は、どこにいるのだ」

と、永次郎を見つめて訊いた。

永次郎は戸惑うような顔をしていたが、

「佐賀町でさァ」

と、小声で言った。

「佐賀町か」

玄沢は、そばにいた彦次に目をやった。

彦次は、権造の縄張りは、伊勢崎町と今川町、それに佐賀町から堀川町界隈まで
であることを知っていた。

「佐賀町のどの辺りだ」

彦次が訊いた。深川佐賀町は大川端沿いに広がっている町で、佐賀町という町名
が分かっただけでは探しようがない。

「大川端の道を上ノ橋から川下にむかってしばらく歩くと、繁乃屋《しげのや》ってえ料理屋が

ありやす。繁乃屋の女将が、親分の情婦《いろ》でしてね。親分は、裏手にある離れにいるときが多いようでさァ」

永次郎が言った。

「繁乃屋か」

彦次はそうつぶやき、玄沢に顔を向け、

「権造の居所は、つかめやすぜ」

と、目を光らせて言った。

「権造の居所がつかめれば、打つ手はある」

玄沢が言った。

次に口をひらく者がなく、座敷が静寂につつまれたとき、

「あっしを、帰《けえ》してくだせえ」

永次郎が、玄沢と彦次に目をやって言った。

「帰してもいいが、権造のいる佐賀町へ帰るのか」

玄沢が永次郎に訊いた。

永次郎は戸惑うような顔をして、いっとき口をつぐんでいたが、

「親分のいる佐賀町には、帰《けえ》らねえ」

と、きっぱりと言った。

永次郎によると、本所相生町で親戚が一膳めし屋をやっているので、しばらくそこに寝泊まりして働かせてもらうという。

「相生町の何丁目だ」

彦次が訊いた。

相生町は、竪川《たてかわ》沿いに一丁目から五丁目まで長くつづいている。相生町と分かっただけでは、探すのが難しい。

「二丁目でさァ」

「そうか。近くへ行ったとき、店に立ち寄って一杯やらせてもらうぜ」

彦次が言うと、玄沢が頷いた。

4

彦次は永次郎から話を聞いた翌日、朝めしを食べ終えると、玄沢の家にむかった。

これから、途中八吉の家に立ち寄った後、佐賀町へ行くつもりだった。権造の塒を探ってみるのだ。

玄沢は座敷にいた。湯飲みを手にしている。玄沢は朝めしを終えて、茶を飲んでいたらしい。

「彦次、朝めしは」

玄沢が訊いた。

「食べてきやした」

「それなら、茶を淹れよう」

そう言って、玄沢が立ち上がろうとすると、

「茶も飲んできたんでさァ」

彦次が、苦笑いを浮かべて言った。

「これからすぐ出掛けるか」

玄沢が訊いた。

「そのつもりで来やした」

「すぐ、片付けるから、待っていてくれ」

玄沢はそう言うと、湯飲みを手にしたまま立ち上がり、土間へ下りた。そして、湯飲みを流し場に片付けてから、刀の研ぎ場の脇に置いてあった大小を腰に差した。

彦次と玄沢は長屋の路地木戸から出ると、仙台堀沿いの道にむかった。そして、仙台堀沿いにある仙台屋に立ち寄った。

すでに、八吉には、権造一家の者たちが庄兵衛店の近くに賭場をひらくことや、長屋に子分たちが乗り込んできて、長屋を意のままにしようとしていることなどを話してあった。それに、八吉は長屋に顔を出して、彦次たちと一緒に事件に当たってくれていたので、あらかたのことは知っていた。

彦次と玄沢が仙台屋の縄暖簾をくぐって店に入ると、八吉の女房のおあきがいた。おあきは、土間に置かれた飯台と腰掛け代わりの空き樽を並べ直していた。

「あら、いらっしゃい」

おあきが、彦次と玄沢に笑みを浮かべて言った。

「八吉はいるかな」

玄沢が訊いた。

「いますよ。すぐに呼びますから、腰を下ろしててください」

おあきが言って、板場へ行こうとした。

「まだ早いが、酒をもらうかな」

玄沢が、おあきに言った。

「まだ、店を開けたばかりで、漬物ぐらいしかありませんが……」

おあきが戸惑うような顔をした。

「漬物でいい」

「すぐ、仕度します」

そう言い残し、おあきは板場に入った。

おあきと入れ替わるように、八吉が姿を見せた。八吉は襷《たすき》で両袖を絞り、前垂れをかけていた。板場で、客に出す肴の仕度をしていたのだろう。

玄沢は空き樽に腰を下ろすと、

「八吉、話があって来たのだ」

そう言って、近くにある空き樽に手をむけた。ここに、腰を下ろしてくれ、と八吉に指示したのだ。

彦次も何も言わず、玄沢の脇の空き樽に腰を下ろした。

「権造たちの件ですかい」

八吉が小声で訊いた。

「そうだ。長屋に籠って権造一家の子分たちとやりあっていても、始末がつかないと思ってな。それに、このままだと、長屋の者たちから怪我人だけでなく、殺される者も出てくる」

玄沢はそう言った後、彦次に目をやり、「彦次から、話してくれ」と小声で言った。

「おれたちが長屋で相手をしているのは、権造の子分たちだけだ。親分の権造は、姿も見せねえ。それに、権造は子分たちが怪我をしようが、死のうが、何とも思ってねえようだ」

彦次の声には、怒りの響きがあった。

「それでな。彦次とも相談したのだが、長屋に籠って子分たちを相手にするのではなく、長屋を出て、親分の権造を何とかしよう、ということになったのだ」

玄沢が言うと、

「八吉親分にも、手を貸してもらいてえ」

彦次が、八吉に目をやって言い添えた。

「承知しやした。……あっしも、権造を捕らえるなり、討ち取るなりしねえと、始末がつかねえとみてたんで」

八吉が、虚空を睨むように見据えて言った。八吉の双眸が、腕利きの岡っ引きらしい鋭いひかりを放っている。

彦次、玄沢、八吉の三人が話しているところに、おあきが姿を見せた。おあきは、盆に肴と猪口を載せ、手に銚子をさげていた。肴は小鉢に入った漬物である。

「そこへ、酒と肴を置いてくれ」

玄沢が、飯台に手をむけて言った。

おあきは、すぐに酒と肴を飯台の上に並べ始めた。そして並べ終えると、

「おまえさん、何かあったら、声をかけてくださいね」

そう、八吉に声をかけ、板場にもどった。その場にいると、男たちの話の邪魔になると思ったらしい。

「一杯、やってくだせえ」

八吉は銚子を手にし、彦次と玄沢の猪口に酒を注いでやった。

彦次たち三人は酒を注ぎあったり、手酌で飲んだりして、しばらく過ごした。

「酒はこれまでにするか。酔って、佐賀町へ行くわけにはいかぬからな」

玄沢が言い、懐から財布を取り出した。

「旦那、酒代はいらねえ。この酒は、茶の代わりだ。それに、あっしもだいぶ飲んだ」

八吉が、照れたような顔をして言った。

「そうか、すまんな」

玄沢は、財布を懐にしまった。今日は御馳走《ごちそう》になり、後で何かの機会に、相応の礼をしようと思ったようだ。

5

彦次、玄沢、八吉の三人は仙台屋を出ると、仙台堀沿いの道を西にむかった。そして、大川端沿いの道に出た。そこは、仙台堀にかかる上ノ橋のたもとである。

彦次たちは橋を渡った。橋のたもとから、大川端沿いにつづいている地が、佐賀町である。

「こっちでさァ」

彦次が先にたって、上ノ橋を渡った。すでに、彦次は佐賀町に来て、権造の子分の政五郎と安吉のことを探ったことがあった。そのとき、親分の権造の塒は知れなかったが、権造は伊勢崎町から今川町、それに佐賀町から堀川町界隈までを縄張りにしていることを知っていた。

彦次たちは上ノ橋を渡ると、大川端沿いの道を川下にむかった。そして、前方に見覚えのある飲み屋が見えてくると、大川の岸際に足をとめた。

彦次は玄沢と八吉がそばに来るのを待って、

「そこの飲み屋に、長屋に住んでいた政造と助八の兄貴格の政五郎と安吉が来てたんでさァ」

と、飲み屋を指差して言った。

「すると、この辺りに、親分の権造の塒があるのではないか」

玄沢が言った。

「繁乃屋ですかい」

彦次が、繁乃屋の名を口にした。権造の子分だった永次郎から、繁乃屋という料理屋の裏手にある離れに、権造はいるときが多い、と訊き出していたのだ。

「そこの店で、繁乃屋がどこにあるか訊いてきやす」

そう言って、彦次は通り沿いにあった下駄屋に立ち寄った。そして、店先にいた親爺《おやじ》に、繁乃屋はどこにあるか訊くと、すぐに知れた。

親爺によると、大川沿いの道を二町ほど川下にむかって歩くと、道沿いに繁乃屋があるという。二階建ての料理屋なので、行けばすぐに分かるそうだ。

彦次たち三人は、川下にむかって歩いた。

二町ほど歩くと、彦次が路傍に足をとめ、

「繁乃屋は、その店ですぜ」

と、道沿いにある料理屋を指差した。

道沿いに店屋が並んでいたが、繁乃屋はそうした店のなかでも目を引く二階建ての料理屋だった。店の入口の脇の掛看板に「御料理　繁乃屋」と書いてあった。

二階の座敷には客がいるらしく、嬌声や男の濁声、笑い声などが聞こえてきた。

彦次たちは繁乃屋の近くまで来て、足をとめた。

「店の裏手に、離れがありやすぜ」

彦次が指差して言った。

見ると、繁乃屋の裏手に離れがあった。それほど大きな家屋ではないが、二階建てである。その家のまわりには、松、紅葉、梅などの庭木が植えてあった。その樹木の枝葉に、離れの戸口は隠されていた。通りから出入りする者の姿が見えないように、樹木が植えられているのかもしれない。

「あれが、権造の塒ですぜ」

彦次が指差して言った。

「あれだけの家屋なら、子分たちも同居しているのではないかな。それに、権造とかかわりのある女将が、店を仕切っているだろうからな」

玄沢が言った。

「どうしやす」

彦次が訊いた。

「念のため、近所で聞き込んでみやすか」

八吉が言った。

「そうだな。権造一家の者たちに知れないように、店からすこし離れた場所で聞き込みにあたった方がいいな」

玄沢が、彦次と八吉に目をやって言った。

彦次たち三人は、一刻（二時間）ほどしたらこの場にもどることにして別れた。ひとりになった彦次は、繁乃屋から半町ほど行った先に一膳めし屋があるのを目にとめ、店に出入りする者に話を訊いてみようと思った。

彦次は、近くの住人がめしを食いに立ち寄るのではないかとみたのだ。それに、権造の子分も、一膳めし屋で飲み食いするかもしれない。

彦次は、一膳めし屋の近くの柳の陰に身を隠した。柳は、大川端沿いに植えられていた。柳の陰なら、通りかかった者が彦次の姿を目にとめても、日陰で一休みしていると見るだろう。

彦次がその場に身を隠して、小半刻（三十分）ほど経ったときだった。一膳めし屋から、男がひとり出てきた。印半纏《しるしばんてん》に黒股引《くろももひき》姿だった。大工か、屋根葺きといった感じの男である。

彦次は一膳めし屋から出てきた男に訊いてみようと思い、柳の陰から出て男を追った。

「ちょいと、すまねえ」

彦次が、男の後ろから声をかけた。

男は足をとめて振り返り、

「あっしですかい」

と、彦次に訊いた。

「訊きてえことが、あってな。……歩きながらでいいぜ」

そう言って、彦次は男と肩を並べて歩きだし、

「いま、そこの一膳めし屋から出てきたな」

と、男に訊いた。

「めしを食ってきやした」

男の顔には、不審そうな色があった。彦次が何を訊こうとしているのか、分からなかったからだろう。

「大きい声じゃァ言えねえが、そこに繁乃屋という料理屋があるな」

彦次が男に身を寄せ、小声で言った。

「ありやす」

男も、小声になった。

「繁乃屋の裏手に、離れがあるな」

彦次は、さらに声をひそめて訊いた。

「ありやすが……」

男の顔に、警戒するような色が浮いた。裏手の離れに、権造が住んでいるのを知っているのかもしれない。

「実は、繁乃屋の脇から権造親分が入っていくのを見たんだ」

彦次は小声で、権造の名を口にした。

「離れが、権造親分の塒でさァ」

男はそう言って、彦次に身を寄せ、

「繁乃屋の裏には、行かねえ方がいい。……へ、下手に、様子を見に行ったりすると、子分たちに殺られやすぜ」

と、声を震わせて言った。

「行かねえ。裏手には、行かねえ」

彦次は首を横に振りながらそう言った後、

「繁乃屋にも、権造親分は出入りしているのか」

と、小声で訊いた。

「おめえさん、知らねえのか。繁乃屋の女将は、権造親分の情婦《いろ》だぜ」

「親分の情婦か。……下手に手を出すと、首が飛ぶな」

彦次が首をすくめて言った。

「この辺りに来たときは、用心した方がいいぜ。権造親分の情婦のこともあるが、子分たちが、目を光らせているからな」

男はそう言うと、急に足を速めた。見ず知らずの男と、話し過ぎたと思ったのかもしれない。

彦次は、男の姿が遠ざかると踵を返した。

6

彦次が繁乃屋の近くにもどると、大川沿いに植えられた柳の陰に、玄沢と八吉の姿があった。ふたりは先に、もどっていたらしい。

「彦次、何か知れたか」

すぐに、玄沢が訊いた。

「知れやした」

彦次は、永次郎から聞いたとおり、権造が繁乃屋の裏手の離れに住んでいることと、繁乃屋の女将が権造の情婦であることを話した。

「おれも、繁乃屋の女将のことは聞いた。名はおりきで、寝泊まりしているのは、裏手の離れらしい」

八吉が言った。

「わしは、近所の者から、繁乃屋の裏手の離れには、権造の子分が出入りしていることを聞いた。それに、権造のそばには牢人がいることが多いそうだ。おそらく、牢人は用心棒だろうな」

玄沢が、繁乃屋に目をやりながら言った。

「用心棒もいるのか」

八吉が顔を厳しくした。

「どうしやす」

彦次が、玄沢と八吉に目をやって訊いた。

「しばらく、様子を見るしかないな。……権造も、離れに身を隠したままではあるまい。離れを出たときに襲えば、捕らえることもできよう」

玄沢が言うと、彦次と八吉がうなずいた。

「今日のところは、長屋に帰《けえ》りやすか」

彦次が言った。

「そうだな」

玄沢が言い、三人は来た道を引き返した。

彦次たち三人が、庄兵衛店の路地木戸の近くまで来たときだった。路地木戸の近くにいた長屋の住人の政吉《まさきち》と左官の権助が、彦次たちの姿を見て飛び出してきた。何かあったのか、ふたりはひどく慌てている。

「て、大変《てえへん》だ！」

政吉が、叫んだ。

「どうした。何か、あったのか」

すぐに、玄沢が訊いた。

「な、長屋に、ならず者たちが乗り込んできやす」

政吉が声をつまらせて言った。

「権造一家の者たちか」

玄沢が驚いたような顔をして訊いた。その場にいた彦次と八吉も、息を呑《の》んで政吉と権助に目をやっている。

「そ、そうでさァ」

権助が言った。

「これから、権造一家の者たちが、長屋に乗り込んでくるのか」

「今日か、明日か……。明後日《あさって》か、分からねえ」

権助が言うと、政吉もうなずいた。

「どういうことだ。……落ち着いて、分かるように話せ」

玄沢が、権助と政吉に目をやって言った。

「おしげが、聞いてきたんでさァ」

権助が言った。おしげは、権助の女房である。

権助がおしげから聞いた話によると、路地木戸近くにいたふたりの遊び人ふうの男が、長屋に目をやりながら話していたという。

おしげは買い物に出た帰りで、何も知らずにふたりの背後から近付くかたちになった。ふたりの男は長屋に目をやっていたせいもあって、おしげに気付かなかったそうだ。

おしげは、男が、「長屋に押し入るのは、四ツ（午前十時）ごろがいい」と口にしたのを耳にし、路地木戸の脇の板塀に身を寄せて、男の話に耳をかたむけたという。

そのとき、ふたりのうちのひとり、年上と思われる男が、

「長屋は、静かだな。押し込んで、一暴れするのは、今ごろがいい」

と、言った。

すると、もうひとりの弟分らしい男が、

「十人ほどで来て、長屋のやつらを何人か痛めつければ、おれたちに逆らうやつはいなくなりやすぜ」

と、薄笑いを浮かべて言った。

「念のため、崎島《さきしま》の旦那にも来てもらうか。この長屋には、腕のたつ刀の研師がいるらしいからな」

年上の男が言った。

「さっそく、親分に話して、一暴れしやすか」

「よし、佐賀町にもどるぞ」

年上の男が言い、その場を離れた。

弟分の男も、年上の男につづいて路地木戸から離れた。

おしげは、ふたりの男が路地木戸から離れると、長屋へ駆け込み、ふたりの男が口にしたことを権助に話した。

権助は、おしげから聞いた話を彦次たち三人に話したのだ。

「ふたりは四ツ（午前十時）ごろと口にしたらしいから、今日ということはあるまい。……だが、明日か、明後日か分からないな」

玄沢が言った。

「いずれにしろ、ここ二、三日のうちに、権造の子分たちが長屋に押し込んできて、暴れるようですぜ。下手をすると、女子供も巻き添えを食う」

　八吉が眉を寄せて言った。

「殺される者が、出るかもしれねえ」

　彦次は、押し入ってきた男たちに逆らって、命を落とす者が出るかもしれない、と思った。

「そうかといって、長屋の住人たちは、ここを出て暮らすわけにはいかぬぞ。長屋から出されれば、行き場のない者が大勢いる」

　玄沢が、彦次と八吉に目をやって言った。

「あっしだって、おゆきとおきくを連れて長屋を出ることはできねえ」

　彦次が言うと、

「長屋の住人たちの手で、何とか権造の子分たちを追い返すしかないな」

　玄沢はそう言った後、いっとき虚空を睨むように見据えて黙考していたが、腹を固めたらしく、

「長屋のみんなで、押し入ってきた男たちを叩きだそう」

と、声高に言った。

そして、玄沢はその場にいた彦次と権助に、長屋をまわって男たちに話すよう耳打ちした。念のため路地木戸の近くにいて、権造の子分たちが押し入ってこないか見張るようにとも頼んだ。

7

その日は曇天だった。

彦次と玄沢、そして八吉が権助たちから、権造の子分たちが大勢で長屋に乗り込んでくる、と聞いた二日後の四ツ（午前十時）ごろだった。

玄沢と八吉は、長屋の井戸の近くにいた。その場から、路地木戸の方に目をやっている。

長屋は静かだった。ふだんは、長屋のあちこちから、笑い声、女房たちのお喋りの声、赤子の泣き声などが聞こえてくるのだが、今日は長屋中がひっそりとしている。ときおり、腰高障子を開け閉めする音や子供の声などが聞こえるだけである。

「権造の子分たちは、長屋に乗り込んできやすかね」

八吉が、路地木戸に目をやりながら言った。

「来る。……おしげが耳にしたところによると、権造の子分たちは、長屋に押し入るのは四ツ（午前十時）ごろがいい、と口にしている。長屋に押し入るつもりで、様子を見に来ていたのだ」

玄沢が言うと、八吉がうなずいた。

「そろそろ来るころだな」

そう言って、玄沢が路地木戸の方へ目をやった。そのとき、路地木戸の方から走ってくる彦次と権助の姿が見えた。

ふたりは路地木戸の近くに身を隠し、権造の子分たちが長屋に踏み込んでくるのを見張っていたのだ。

ふたりは、玄沢と八吉のそばに走り寄ると、

「来やす、権造の子分たちが！」

彦次が声を上げた。

「何人いる」

玄沢が訊いた。

「十人ほどでさァ」

「十人か」

「な、なかに、牢人ふうの武士がひとりいやす」

権助が、声を震わせて言った。興奮しているのか、目がつり上がっている。

「こっちに来るのか」

「長屋を襲う気なら、井戸の方へ来るはずでさァ」

彦次が言った。

「よし、手筈《てはず》どおり、彦次と権助のふたりで、長屋をまわってくれ。わしと八吉とで、踏み込んできた男たちをここで食い止める」

「承知しやした!」

彦次は権助とふたりで、長屋の棟の方にむかった。ふたりは、長屋をまわって男たちを集めることになっていた。すでに長屋の男たちに、ここ二、三日、長屋にとどまるように話してあったので、居職の者はもちろん出職の者でも、都合のつく男は長屋に残っているはずである。

彦次と権助がその場を離れ、いっときすると、路地木戸の方から近付いてくる男たちの姿が見えた。

「来るぞ！」

玄沢が、脇にいる八吉に声をかけた。

路地木戸の方から、男たちが小走りに近付いてくる。十人ほどだ。後方に、牢人体《てい》の武士の姿もあった。

「あそこに、いるぞ！」

一団の先頭にいた遊び人ふうの男が、声を上げた。

「ふたりだけだ！」

別の男が、叫んだ。

踏み込んできた男たちは、玄沢と八吉に近付いてきた。

玄沢と八吉は、井戸のそばから長屋の棟の方へ身を引いた。踏み込んできた男たちに取り囲まれると、逃げ場を失うとみたのである。それに、玄沢と八吉は権造の子分たちが踏み込んできたら、長屋の棟の方へ身を引く手筈になっていたのだ。

玄沢と八吉は、長屋の棟を背にして立った。そのとき、玄沢たちの背後から足音が聞こえた。棟の間から、彦次を先頭に何人もの男たちが近付いてくる。男たちは長屋の住人だった。手に手に、六尺棒や天秤棒を持っていた。

大勢いる。二十人ほどいるようだ。なかには、鎌《かま》や薪割《まきわ》りなどを手にしている者もいた。家にあった武器になりそうな物を手にして集まったようだ。

玄沢や彦次たちは、昨日のうちに長屋中をまわり、男たちに、長屋を襲う者たちが踏み込んできたら、遠くから石でも投げてくれ、と頼んであった。ところが、男たちは実際に敵が踏み込んでくると勇み立ち、家にある武器になりそうな物を手にして集まったのだ。

男たちだけではない。すこし離れた棟の陰にも人影があった。年寄りの男や女たちである。ただ、子供の姿はなかった。亭主も女房も、子供たちは争いに巻き込まれないように家に残してきたようだ。

そのとき、踏み込んできた男たちのなかのひとりが、

「ふたりだけだ。殺っちまえ！」

と、声を上げた。長屋の棟の間に集まっている彦次や長屋の男たちの姿は、見えなかったようだ。

踏み込んできた男たちは、玄沢と八吉のそばに近付いてきた。

玄沢と八吉は、長屋の男たちが集まっている棟の方へ走り寄った。

すると、踏み込んできた男のひとりが、

「逃げたぞ！」

と声を上げ、走りだした。

その男につづいて、他の男たちも、ばらばらと走り寄った。

玄沢と八吉は、長屋の男たちが集まっている棟を背にして立った。

「逃がすな！」

「殺っちまえ！」

踏み込んできた男たちが声を上げ、玄沢と八吉のそばに近寄った。

すると、男たちのなかにいた牢人体の武士が、

「その男は、おれが斬る」

と言って、玄沢に近付いてきた。

十人ほどの男たちが、牢人につづいた。すでに、匕首や長脇差の抜き身を手にしている者もいる。

ふいに、牢人と男たちの足がとまった。長屋の棟の脇に集まっている男たちの姿を目にしたようだ。

8

牢人は、玄沢の前に立ち、

「おれたちが来るのを知っていたのか」

と、玄沢に目をやって訊いた。

「知っていたわけではない。おまえたちの動きを見てな、用心のため、すぐに集まれるように話しておいたのだ」

玄沢が言った。

「用心がいいな。……だが、おれたちに立ち向かえるのか」

牢人は、薄笑いを浮かべてそう言った後、

「死んでもいいやつは、かかってこい！」

と、長屋の男たちにむかって声を上げた。脅しである。牢人は、長屋の男たちを脅し、歯向かえないようにするつもりなのだ。

すると、牢人のそばにいた男たちが、手にした匕首や長脇差を振り上げ、「殺すぞ！」「死にたいやつは、かかってこい！」などと口々に叫んだ。

そのとき、玄沢のそばにいた初老の男が、

「げ、玄沢の旦那、殺される！」

と、青褪めた顔で言った。

それを聞いた別の男が、

「あっしの鎌じゃァ、太刀打ちできねえ」

と、怯えたような顔をして言った。

ふたりの男のそばにいた別の男たちの顔にも不安がひろがり、逃げ腰になっている者が何人もいる。

「安心しろ。わしらには飛道具がある。それに、人数が多いからな、踏み込んできたやつらは、追い払える」

玄沢が、他の男たちにも聞こえる声で言った。

すると、長屋の男たちの目が玄沢に集まった。

「飛道具は、石だ。きゃつらが近付いてきたら、石を投げろ!」

玄沢はそう言った後、「わしが投げろと言ったら、一斉に投げるのだ」と言い添えた。

すると、その場にいた男たちは手にした武器を足許に置き、近くにあった手頃な石を拾った。

玄沢は抜刀し、刀身を峰に返した。峰打ちにするつもりだった。長屋の男たちの石礫《いしつぶて》を浴びながらも、近付いてくる男がいるとみたのである。

牢人と匕首や長脇差を手にした子分たちが、すこしずつ近付いてきた。男たちは、血走った目をしていた。獲物に近付く野犬のようである。

そのとき、牢人の脇にいた男が、

「殺してやる!」

と、叫びざま、手にした匕首を振り上げて踏み込んできた。

「石を投げろ!」

玄沢が声を上げた。

すると、そばにいた長屋の男たちが、踏み込んできた男をはじめ、その背後にいる牢人や権造の子分たちにむかって石を投げた。

石はバラバラと飛び、近付いてきた男たちの胸や腹、なかには顔に当たるものもあった。

ギャッ！　という悲鳴や「痛《いて》え！」という声があちこちで上がり、踏み込んできた男たちは両手で頭や顔を隠して後退った。なかには、一握りほどある石を胸に受け、呻き声を上げて、その場に蹲る男もいた。

これを見た牢人が、

「おのれ！」

と、叫びざま、手にした刀を振り上げて、踏み込んできた。

牢人の腹や肩にも石が当たったが、牢人は怯《ひる》まなかった。これを見た長屋の男たちは、その場から後退った。逃げ腰になっている。

「わしに、任せろ！」

玄沢は叫びざま、踏み込んだ。

牽制も気攻めもなかった。玄沢は素早い動きで牢人に迫ると、鋭い気合とともに、振りかぶりざま袈裟に斬り込んだ。

咄嗟に牢人は身を引いたが、一瞬遅れた。

玄沢の切っ先が、牢人をとらえた。

牢人の肩から胸にかけて、袈裟に斬り裂いた。牢人の小袖が裂け、露になった胸に血の線がはしった。

牢人は驚愕《きようがく》に目を剝き、慌てて後退った。玄沢の素早い太刀捌きに驚いたらしい。ただ、致命傷になるような傷ではなかった。薄く皮肉を斬り裂かれただけである。

牢人は、玄沢がこれほどの遣い手とは思わなかったらしい。牢人はさらに玄沢から身を引くと、

「引け！　この場は引け！」

と、声を上げた。

その場にいた権造の子分たちは後退り、玄沢たちから離れると反転して走りだした。逃げたのである。

子分たちのひとりが、逃げ遅れた。その男は仲間たちの背後にいて、すぐに走りだせなかったのだ。

「逃がさねえ！」

玄沢の近くにいた八吉が、踏み込みざま、手にした十手で、逃げる男の肩を殴りつけた。

ギャッ！　と叫び声を上げ、男がよろめいた。すると、八吉のそばに来ていた彦次が男に飛び付き、足をからめて地面に押し倒した。

男は彦次と八吉に押さえ付けられ、地面から身を起こすこともできなかった。

地面に押さえ付けられた男は、彦次たちに取り囲まれ、青褪めた顔で身を顫わせている。

「名は」

玄沢が訊いた。

男は戸惑うような顔をしていたが、

「平助《へいすけ》でさァ」

と、小声で名乗った。

「平助、権造の指図で長屋を襲ったのだな」

玄沢が念を押すように訊いた。

男はいっとき口を閉じていたが、

「そうで……」

と、小声で言った。此《こ》の期《ご》に及んで、隠しても仕方がないと思ったようだ。

「一緒に来た牢人の名は」

「崎島の旦那でさァ」

「崎島は、権造の用心棒のような立場ではないか」

「そうでさァ」

平助がそう答えると、玄沢のそばにいた彦次が、

「すると、崎島は権造のそばにいることが多いのだな」

と、訊いた。彦次は、権造が繁乃屋の裏手にある離れにいるときも、崎島がそばにいることが多いのではないかと思い、そう訊いたのだ。

「………」

平助は口を閉じたままうなずいた。

「いずれにしろ、崎島も討たねばなるまい」

玄沢が、その場にいる男たちにも聞こえる声で言った。

次に平助に訊く者がなく、その場が沈黙につつまれた。すると、平助が男たちに

目をやりながら、

「あっしを帰《けえ》してくだせえ。権造親分とは縁を切りやす」

と、首をすくめて言った。

「帰してもいいがな……権造は惨《むご》い男だ。おまえが、仲間のことを喋ったことが分かれば、殺されるぞ」

玄沢が言った。

「そうかもしれねえ」

平助は青褪めた顔で口をつぐんでいたが、

「しばらく、花川戸町《はなかわどまち》にいるおれの兄貴のところに身を隠しやす」

と、小声で言った。

「わしらが、長屋を守るために権造は始末する。それまで、花川戸町に身を隠しているのだな」

玄沢が言うと、その場にいた彦次と八吉がうなずいた。

花川戸町は、浅草寺《せんそうじ》の東方、大川端にひろがる町である。権造たちの住む佐賀町からは遠方なので、身を隠すことはできるだろう。

第四章　追跡

1

玄沢は上がり框《かまち》に腰を下ろした彦次を見て、

「彦次、一杯やるか」

と、声をかけた。

玄沢と彦次がいるのは、玄沢の家だった。彦次は朝餉の後、家を出ると、玄沢の家に立ち寄ったのだ。

「いまは、飲む気になれませんや」

彦次が、苦笑いを浮かべて言った。

崎島や権造の子分たちが、長屋を襲った翌日である。彦次は日を置かずに佐賀町に行き、権造の居所をつきとめ、機会があれば討つつもりだった。

彦次は、権造の子分を討ち取っても、権造が安泰なら始末はつかないとみていた。このままだと、権造は庄兵衛店の近くに賭場をひらき、庄兵衛店も己の意のままにするだろう。

「佐賀町に出掛けるか」

玄沢が訊いた。

「そのつもりで来やした」

「行こう」

玄沢は腰を上げた。

玄沢は座敷の隅に置いてあった大刀を腰に差し、

「八吉はどうする」

と、彦次に訊いた。

「仙台屋に立ち寄って、親分にも話すつもりでいやす」

「それがいい」

玄沢は彦次につづいて、庄兵衛店を出た。

ふたりは仙台堀沿いの通りに出て、仙台屋に目をやると、店先に縄暖簾が出ていた。店をひらいているようだ。

店先まで行くと、八吉と女房のおあきの声がした。店内にいるらしい。

玄沢と彦次は、縄暖簾をくぐって店内に入った。

「玄沢の旦那と彦次さん、いらっしゃい」

おあきが、笑みを浮かべて声をかけた。

「ふたりとも、腰を下ろしてくんな」

八吉が、玄沢と彦次に言った。八吉は雑巾《ぞうきん》を手にしていた。店内に置かれた飯台を拭《ふ》いていたらしい。

玄沢と彦次は、腰掛け代わりに置かれた空き樽に腰を下ろした。

「酒を持ってきますね」

おあきがそう言って、板場に足をむけた。

「ま、待て!」

酒好きの玄沢が、慌ててとめた。これから、権造のいる佐賀町に行き、まず繁乃屋の裏手にある離れを探るつもりだった。権造が離れにいるかどうかはっきりさせ、機会があれば討つのである。酒を飲んでいる余裕はない。

「今日は、飲むわけにはいかんのだ」

玄沢が苦笑いを浮かべて言った。

「そうなんですか」

おあきは、戸惑うような顔をして八吉に目をやった。

「おあき、茶にしてくれ」

八吉が、小声で言った。八吉は、玄沢と彦次が、長屋を襲った男たちの件で出掛けることを察知したらしい。

おあきは八吉にうなずくと、すぐに板場に入った。

八吉は、玄沢と彦次の近くにあった空き樽に腰を下ろし、

「権造の居所を探るんですかい」

と、小声で訊いた。

「そのつもりだ」

玄沢は、機会があれば権造の居所を探るだけでなく、討つつもりでいたが、そのことは口にしなかった。

八吉が空き樽に腰を下ろしていっときすると、おあきが盆に湯飲みを載せてもど

ってきた。彦次たちに茶を淹れてくれたらしい。

彦次たち三人は佐賀町に行ってから、権造たちをどう探るか相談した。そして、湯飲みの茶を飲み干すと、

「出掛けるか」

玄沢が、彦次と八吉に目をやって腰を上げた。

彦次、玄沢、八吉の三人は店から出ると、おあきに見送られて仙台堀沿いの道を西にむかった。そして、仙台堀にかかる上ノ橋を渡り、大川端沿いの道を川下にむかって歩いた。その辺りが佐賀町である。

権造は伊勢崎町から今川町、さらに佐賀町から堀川町界隈まで広く縄張りにしている親分である。

彦次たちが佐賀町に入っていっとき歩くと、大川端の道沿いにある二階建ての料理屋が見えてきた。

彦次は路傍に足をとめ、

「繁乃屋ですぜ」

と、小声で言った。

玄沢と八吉が彦次のそばに来て立ち止まり、

「変わりはないようだ」

と、玄沢が言うと、八吉もうなずいた。

すでに、彦次たち三人は、繁乃屋を目にしていた。通り沿いにある大きな料理屋なので、付近に住む者の多くが日頃から見ているだろう。

「裏手の離れは、どうかな」

玄沢が言った。

繁乃屋の裏手にある二階建ての離れが、権造の隠れ家であり、子分たちも出入りしているにちがいない。

「まず、離れに権造がいるかどうか、確かめたい」

玄沢が言った。

「離れに忍び込んで、探るわけにはいきやせんぜ」

彦次が、離れに目をやりながら言った。

「そうだな。ここは敵地だ。下手《へた》に離れを探って権造の子分たちの目にとまると、襲われる」

玄沢は、いつになく厳しい顔をしている。

「近くの住人か、繁乃屋の客にそれとなく訊いてみやすか」

八吉が、玄沢と彦次に目をやって言った。

「それしか手はないな」

玄沢が言った。

三人は繁乃屋からすこし離れた場に身を隠して、話の聞けそうな者が通りかかるのを待つことにした。

2

彦次、玄沢、八吉の三人は、大川端沿いに植えられた柳の陰に身を隠した。そこは、繁乃屋から半町ほど離れた場所である。

彦次たちが、柳の樹陰に身を隠して半刻（一時間）ほど経ったろうか。繁乃屋に目をやっていた彦次が、

「あいつらに、訊いてみやす」

と言って、樹陰から出た。

繁乃屋の表の格子戸が開き、職人ふうの男がふたり、姿を見せたのだ。ふたりは、女将らしい年増に見送られ、繁乃屋から離れた。川沿いの道を何やら話しながら川下にむかって歩いていく。

彦次は通りに出ると、ふたりの男の後を追った。

彦次はふたりに追いつくと、

「ちょいと、すまねえ」

後ろから、声をかけた。

「あっしらに、何か用かい」

三十がらみと思われる年配の男が、足をとめて訊いた。一緒にいる男は、まだ二十歳《はたち》そこそこと思われる若い男である。

「足をとめさせちゃァ申し訳ねえ。歩きながらでいいんで」

そう言って、彦次はゆっくりとした歩調で歩きだした。

ふたりの男は、彦次と並んで歩きながら、

「何の用だい」

と、年配の男が訊いた。

「いま、ふたりが繁乃屋から出てきたのを目にしてな」

彦次はそう言った後、

「繁乃屋の女将のことで、訊きてえことがあるのよ」

と、急に声をひそめて言った。

「おりきさんのことかい」

年配の男も、小声で言った。

「そうだ。……裏手の離れに、権造親分とおりきが寝泊まりしていると聞いたんだが、そうなのかい」

「そうよ。おめえ、下手《へた》に権造親分のことを口にしねえ方がいいぜ。どこに、子分たちの目が光ってるか分からねえからな」

年配の男が、首をすくめて言った。

「繁乃屋の女将は、権造親分の情婦《いろ》だそうだな」

彦次は、さらに声をひそめた。

「そうよ」

「裏手の離れには、子分たちも出入りしてるのかい」

「人目につかねえように、繁乃屋の脇を通って出入りしてるようだぜ」

「やっぱりな。……それで、権造親分は、離れから出てくることはねえのかい」

彦次が訊くと、年配の男は歩調を緩め、

「おめえ、知らねえのか。権造親分は、陽《ひ》が西の空にかたむいたころ、出てくるじゃァねえか」

と言って、脇に歩いている若い男に目をやった。

すると、若い男が彦次に身を寄せ、

「賭場だよ。賭場」

と、小声で言った。

「賭場だと」

彦次が聞き返した。

「権造親分が貸元をしている賭場があるのを知らねえのか」

若い男が、口許に薄笑いを浮かべて言った。

「知らなかったな。権造親分は賭場の貸元をしているのか」

彦次はそう言った後、

「その賭場は、どこにあるんだい」

と、若い男に身を寄せて訊いた。

「堀川町と聞いたぜ」

若い男が言った。

堀川町は佐賀町の東方、掘割沿いにひろがる町である。繁乃屋から、それほど遠くない。

「すると、貸元をしている権造親分は、賭場がひらくころ、離れを出るな」

彦次が言った。貸元は賭場に出掛け、客に挨拶をするはずである。

「離れから、出掛けるよ。おれは、何度も見たことがあるぜ」

若い男が言うと、脇にいた年配の男が、「おい、急ぐぞ」と言って、足を速めた。

見知らぬ男との話が過ぎたと思ったようだ。

若い男は慌てた様子で、年配の男の後を追った。

彦次はふたりの男が遠ざかると、踵を返して玄沢と八吉のいる柳の陰にもどった。

そして、ふたりの男から聞いたことを一通り話した後、

「権造は、貸元として博奕が始まるころ賭場へ行くはずでさァ」

と、言い添えた。

「繁乃屋を見張っていれば、権造たちが出てくるな」

玄沢が、繁乃屋に目をやって言った。

「跡を尾ければ、権造を捕らえる機会があるかもしれねえ」

彦次が言った。

「権造の跡を尾けよう。今日は、長丁場になりそうだ。交替でめしを食ってくるか」

「そうしやしょう」

彦次も腹が減っていた。

先に、彦次と八吉が近くの蕎麦屋で腹拵えをしてくることになった。ふたりは急いで蕎麦を平らげ、玄沢のいる場にもどった。

「権造も子分たちも、出てこなかったよ」

玄沢はそう言い残し、彦次たちの入った蕎麦屋に足をむけた。

玄沢が腹拵えをして彦次たちのいる場にもどってから、小半刻（三十分）ほど経ったときだった。

3

繁乃屋に目をやっていた彦次が、

「出てきやした！」

と、昂った声で言った。

見ると、繁乃屋の脇から男たちが姿を見せた。先に遊び人ふうの男が三人、大川端の通りに出てきた。三人は、警戒するように通りの左右に目をむけている。

三人につづいて、小袖に羽織姿の男がひとり、その男のそばにもうひとり、それに、牢人体《てい》の崎島。その崎島の背後に、恰幅《かっぷく》のいい黒羽織姿の年配の男がひとりいる。

崎島の背後にいる年配の男が、権造らしい。権造の背後から、さらに遊び人ふうの男がひとり出てきた。権造と一緒にいるのは、七人である。

小袖に羽織姿の男は、代貸《だいがし》であろう。代貸と一緒にいる男は、壺振《つぼふ》りにちがいない。

八人の男は人目を引かないように、すこし離れ、間をとって大川端の道を川下にむかって歩いていく。

彦次、玄沢、八吉の三人は、権造たちが繁乃屋から遠ざかるのを待って、樹陰から出た。そして、通行人を装い、権造たちの跡を尾け始めた。

権造たちは掘割にかかる橋のたもとまで来ると、左手に足をむけた。掘割沿いの道に入ったのである。

彦次たち三人は、小走りになった。掘割沿いの道まで来ると、前方に権造たちの姿が見えた。

前を行く権造たちは、掘割沿いの道を東にむかって歩いていく。ここまで来ると、権造たち一行のなかで背後を振り返って見る者はいなくなった。尾行者はいない、とみたのだろう。

権造たちは佐賀町を過ぎ、堀川町に入った。前方に、堀にかかる橋が見えてきたとき、一行は足をとめ、左手にあった下駄屋の脇の道に入った。

彦次たち三人は、足を速めた。下駄屋の陰になって、権造たちの姿が見えなくなったからだ。

彦次たちが下駄屋の脇まで来て、権造たちが入った通りに目をやると、間近に権造たちの一行が見えた。

権造たち一行はいっとき歩いてから、路傍で枝葉を茂らせる太い欅《けやき》の脇の小径《こみち》に入った。そこは空き地になっていて、小径の先に仕舞屋があった。

彦次たちは、権造たちの目にとまらないように空き家らしい家屋の脇に身を隠したまま、仕舞屋に目をやった。仕舞屋の戸口に遊び人ふうの男がふたり立って、権造たち一行を出迎えている。

「あれが、賭場だ！」

彦次が昂った声で言った。

権造たちはふたりの男に何やら声をかけ、仕舞屋に入った。

彦次たちが通りに目を移してみると、職人らしい男、遊び人ふうの男、商家の旦那ふうの男などが、ひとり、ふたりと下駄屋の脇の道に姿を見せ、下足番らしい男に迎えられて、仕舞屋に入っていく。男たちは、賭場の客らしい。

「賭場には、いい場所だな。ここなら人目につかねえし、賑《にぎ》やかな深川からもそう遠くはねえ」

彦次が、声をひそめて言った。

「権造は、同じような賭場を、庄兵衛店の近くにひらこうとしているのだな」

玄沢が言った。

「そんなことは、させねえ」

彦次は賭場を睨むように見据えて言った。

彦次、玄沢、八吉の三人は、しばらく賭場に目をやっていたが、

「どうしやす」

と、彦次が訊いた。

「どうだ、わしらの帰りは遅くなるが、権造たちが賭場から出て来るのを待つか。親分である権造は客に挨拶だけして、後は代貸にまかせて賭場を出るはずだ。壺振りや代貸は賭場に残るので、帰りは子分たちも少なくなる。……権造を討つ機会があるかもしれん」

玄沢が小声で言った。

「権造たちが出てくるのを待ちやしょう」

彦次が言うと、八吉もうなずいた。

それから、半刻（一時間）ほど経ったろうか。陽は西の家並の向こうに沈み、辺りは夕闇《ゆうやみ》につつまれてきた。

賭場では博奕が始まったらしく、男たちのどよめきが聞こえたり、静寂につつまれたりしている。

「そろそろ、出てきてもいいころだな」

玄沢が仕舞屋に目をやって言った。

そのとき、戸口に下足番らしい男がふたり姿を見せた。つづいて、男たちの話し声が聞こえ、何人もの男が姿を見せた。

「権造たちだ！」

彦次が、身を乗り出して言った。

戸口から出てきたのは、権造と崎島、それに権造の子分たちが何人も姿を見せた。

「大勢だぞ」

玄沢が言った。

権造の子分と思われる男が、五人もいた。そのなかに、長脇差を腰に差している者が四人いる。崎島を加えると、権造と一緒に賭場を出る男は、六人である。

「来たときと、あまり変わらないな」

玄沢が言った。賭場に来たときは、権造と一緒にいたのは七人なので、ひとり少なくなっただけである。

「どうしやす」

八吉が、玄沢に訊いた。

「無理だ。崎島もいる。ここにいる三人だけでは、太刀打ちできない。……出直すしかないな」

玄沢が言うと、彦次と八吉がうなずいた。

4

彦次は玄沢たちと堀川町に行った翌朝、長屋の家でいつもより遅く目を覚ました。おゆきが仕度してくれた朝餉を親子三人で食べた後、茶を飲みながらいっとき過ごしてから玄沢の家にむかった。今後、どうするか、玄沢と相談しようと思ったのだ。

玄沢は家にいた。座敷のなかほどに座して、茶を飲んでいた。朝餉を終えたところらしい。

「彦次、上がってくれ。いま、茶を淹れる」

玄沢が、立ち上がろうとした。

「旦那、茶は家で飲んできやした」

そう言って、彦次は上がり框に腰を下ろした。座敷には上がらず、そこで玄沢と話すつもりだった。

「そうか。……実は、すこし前に権助がここに来てな、話していったのだが、長屋を探っている男がいたそうだぞ」

玄沢が顔をしかめて言った。

「その男、権造の子分か！」

彦次が、思わず声を大きくした。

「そうみていいな」

「執念深いやつらだ。まだ、長屋の近くに賭場をひらくつもりでいるのか」

「権造も、このまま引き下がったら顔がたたないのではないか。それに、権造本人は動かず、子分たちにやらせているだけだからな」

玄沢が渋い顔をして言った。

「旦那、どうしやす」

彦次が、眉を寄せて訊いた。

「権造が執拗に長屋に手を出すのは、わしらを長屋に押し込めておきたい思惑もあるからだ」

玄沢が言った。

「そうかもしれねえ」

「どうだ、長屋を探っている男がいたら捕らえて、様子を訊いてみないか。そやつから話を聞いて、権造の子分たちが長屋に押し込んでくるようなら、長屋にとどまって、襲撃にそなえねばならん」

玄沢が、虚空を睨むように見据えて言った。

「佐賀町にいる権造から、手を引くんですかい」

彦次が訊いた。

「手を引くわけではない。権造たちの居所や動きは、しばらく変わらんだろう。それに、何日か目を離しても、権造が姿を消すわけではない。長屋を見張っている子分を捕らえて、話を聞いてからでも、遅くはあるまい」

「旦那の言うとおりだ。先に、長屋を探っている男を捕らえて、話を聞いてみやしょう」

彦次も、焦ることはないと思った。

その日、彦次と玄沢は佐賀町には行かず、長屋にとどまることにした。

「八吉はどうする」

玄沢が訊いた。

「あっしが、八吉親分に知らせてきやす」

彦次はそう言って、腰を上げた。

彦次は長屋を出ると、仙台堀沿いにある仙台屋にむかった。彦次たちは八吉と一緒に佐賀町に行くことになっていたので、八吉は仙台屋で彦次たちが来るのを待っているはずである。

彦次は仙台屋で八吉と顔を会わせると、長屋を見張っていた男がいたことを話し、

「今日は、佐賀町でなく長屋に来てくだせえ」

そう言って、玄沢も長屋で待っていることを伝えた。

「長屋に、行きやしょう」

八吉は、すぐに彦次とともに仙台屋を出た。

彦次は八吉を連れて庄兵衛店にもどると、玄沢の待っている家に入った。

玄沢は彦次と八吉が上がり框に腰を下ろすのを待ち、あらためて長屋を見張っていた男がいたことを話し、

「その男を捕らえて話を訊いてから、佐賀町に行くかどうか決めるつもりだ」

と、言い添えた。

「承知しやした」

八吉がうなずいた。

「あっしが、長屋の路地木戸近くに行って、様子を見てみやす。玄沢の旦那と八吉親分は、ここで待っていてくだせえ」

そう言って、彦次は腰を上げた。

「無理をするなよ」

玄沢が声をかけた。

「様子を見てくるだけでさァ」

彦次はそう言い残し、戸口から出た。

ひとりになった彦次は路地木戸の近くまで来ると、辺りに目をやって長屋の住人ではない男を探した。

それらしい男は、いなかった。彦次は路地木戸から出て、通りに目をやった。

……あいつかもしれねえ！

彦次は、胸の内で声を上げた。

路地木戸から半町ほど離れたところで店をひらいている八百屋の脇に、遊び人らしい男がひとり立っていた。

男は八百屋に身を隠すようにして、長屋の路地木戸の方に目をむけている。

彦次は男を捕らえようと思ったが、この場からひとりで男に近寄ったら逃げられると思った。

彦次はすぐに玄沢の家にもどり、路地木戸を見張っている男のことを話し、

「あっしが店の裏手にまわって、男のいる場の先に出やすから、旦那たちは路地木戸の近くにいて、あっしの姿を目にしてから来てくだせえ」

と、念を押すように言った。

「挟み撃ちにするのだな」

玄沢が言い、傍らに置いてあった大刀を手にして立ち上がった。

彦次は先に戸口から出ると、まず、路地から出て男がいることを確かめてから、通り沿いに軒を連ねている店や仕舞屋などの裏手をたどって、男のいる場の先に出た。

彦次が道沿いの仕舞屋の脇から通りに目をやると、八百屋の脇に立っている男の後ろ姿が見えた。

男は背後にまわった彦次には気付かず、長屋の方に目をやっている。

彦次は男の前方に玄沢と八吉の姿を目にすると、通行人を装って男に近付いていった。

男は玄沢と八吉に気をとられているのか、背後に目をむけようとはしなかった。

男は玄沢たちが半町ほどに近付くと、逃げ場を探すように辺りに目をやった。そのとき、背後にも顔をむけたが、彦次には気付かなかったようだ。

男は玄沢と八吉が小走りになると、自分を捕らえようとしていることに気付いたらしく、八百屋の脇から出て反転し、彦次のいる方に走りだした。それでも、男は彦次に気付かず、近くまで逃げてきた。

彦次は、男にむかって足を速めた。

そのとき、男が足をとめた。前から来る彦次に気付いたらしい。男は戸惑うような顔をして周囲に目をやった。逃げ場を探したらしい。だが、通りの左右には店屋や仕舞屋などが軒を連ねていて、逃げ込むような場所はなかった。

彦次は走りだした。男の背後から来る玄沢と八吉も、小走りになった。彦次たち三人は、男の前後から迫っていく。

男は通りのなかほどに立ったまま、懐から匕首を取り出して身構えた。

近くを通りかかった子供連れの女が男の匕首を目にし、悲鳴を上げ、子供の手を引いてその場から逃げた。

彦次は懐から匕首を取り出した。男を斬る気はなかったが、男を逃がさないように匕首を手にしたのだ。

先に、玄沢と八吉が男に近付いた。

男は玄沢たちに背をむけて逃げようとしたが、匕首を手にして立っている彦次を見て、すぐには動かなかった。

これを見た玄沢は、小走りに男に近付き、

「逃がさぬ！」

と声を上げ、いきなり抜き打ちに斬りつけた。

咄嗟に、男は逃げようとしたが、間に合わなかった。男は背を斬られ、手にした匕首を取り落とした。ただ、深い傷ではなかった。肩から背にかけて、浅く斬られただけである。玄沢は男を生け捕りにするために、浅く斬ったのだ。

「動くな！」

玄沢は、切っ先を男の喉元《のどもと》にむけた。

男は顔を引き攣らせ、その場に突っ立った。そこへ、彦次と八吉が近寄ってきて男を取り押さえた。

八吉が、懐から捕縄《とりなわ》を取り出して男の両腕を後ろにとって縛った。

5

彦次たちは、捕らえた男を玄沢の家に連れ込んだ。男から、話を聞こうと思ったのだ。

男は玄沢の家の座敷に座ると、驚いたような顔をして家のなかを見回した。研いだ刀が、何振りも立て掛けてあったからだろう。

「この刀は、よく斬れるぞ。おまえの首も、簡単に斬り落とせる」

玄沢はそう言った後、

「おまえの名は」

と、男に目をやって訊いた。

男は戸惑うような顔をしたが、

「伊助《いすけ》でさァ」

と、小声で名乗った。此の期に及んで、名を隠しても仕方がないと思ったのだろう。

「伊助、長屋を探っていたな」

玄沢が訊いた。

伊助はいっとき口をつぐんでいたが、

「長屋を探っていたわけじゃァねえ」

と、小声で言った。

「では、長屋の近くで路地木戸に目をやっていたのは、どういうわけだ」

玄沢が語気を強くして訊いた。

「旦那たちが、長屋を出たら行き先をつきとめるためで」

伊助は、隠さず話した。

「なぜ、わしらの行き先をつきとめるのだ」

玄沢が訊いた。

「旦那たちが繁乃屋の近くで探っていたのを、目にした男がいやしてね。親分はその男から話を聞いて、旦那たちの動きが気になっていたようでさァ。それで、あっしは親分に、旦那たちの動きを探れと言われたんで」

「そういうことか」

玄沢がつぶやいて、口をつぐむと、

「あっしも、訊きてえことがありやす」

彦次が、玄沢に目をやって言った。

「訊いてくれ」

「崎島は、いつも親分のそばにいるようだが、塒はどこなんだ。まさか、親分の住む繁乃屋の離れじゃァあるめえ」

彦次が訊いた。

「崎島の旦那の情婦《いろ》が、材木町《ざいもくちょう》に住んでやす。そこが、崎島の旦那の塒でさァ」

「材木町か」

彦次は、崎島が材木町の塒に帰ったとき、親分の権造を狙う手もあると思った。すぐに、材木町から駆け付けることはできない。材木町は、賭場のある堀川町の東方にひろがる町である。

彦次が黙ると、次に口をひらく者がなく、座敷は沈黙につつまれた。

「あっしを帰《けえ》してくだせえ。権造親分とは、縁を切りやす」

伊助が、玄沢たちに頭を下げて言った。

「帰してもいいが、佐賀町にはもどれないぞ。おまえが、わしらに権造と崎島のことを話したことは、すぐに知れる。権造はおまえを生かしてはおくまい」

玄沢が言った。

「そうかもしれねえ」

伊助の顔から血の気が引いた。

「伊助、平助という男を知っているか。おまえと同じように、権造の子分だった男だ」

「知ってやす」

伊助が玄沢に顔をむけた。息を呑んで、次の言葉を待っている。

「平助は、おまえと同じように、わしらに権造と崎島のことを話したのだ。そのことが、親分に知れると、殺される。それで、平助は親分に知れないように、別の町に身を隠すことにした。……平助は、今もその町にいるはずだ」

玄沢が話した。

「それで、平助はいなくなったのか」

伊助が頷いた。納得したらしい。

「伊助、身を隠すところはあるか」

玄沢が、声をあらためて訊いた。

伊助はいっとき黙考していたが、

「ありやす。……下谷《したや》の佐久間町《さくまちょう》に、あっしが佐賀町に来る前《めえ》、世話になっていた屋根葺きの親方がいやす」

「親方は、おまえを迎え入れてくれるか」

玄沢が訊いた。

「へい、親分に詫《わ》びを入れて、また働かせてもらいやす」

「それなら、帰してやってもいいな」

玄沢はそう言って、その場にいた彦次と八吉に目をやった。

ふたりは、黙ったままうなずいた。

彦次、玄沢、八吉の三人は、玄沢の家の戸口まで出て伊助を見送った。見送ったというより、伊助が長屋を出るのを確かめたのである。

伊助の姿が見えなくなると、彦次たちは玄沢の家の中にもどった。そして、座敷に腰を落ち着けると、

「伊助は佐賀町にもどらず、佐久間町へ行きやすかねえ」

八吉が、つぶやくような声で言った。

「伊助は、佐久間町へ行きやす。平助と同じで、親分のところへ帰れば、殺されることが分かってるはずでさァ」

彦次が言うと、

「そうだな。伊助は、親分の権造の惨い仕打ちを見ているだろうからな。……佐賀町にもどることはあるまい」

玄沢が、つぶやくような声で言った。

「あっしらは、どうしやす。また、繁乃屋と離れを見張りやすか」

彦次が訊いた。

「そうだな。崎島が離れを出て、材木町の情婦のところへ出掛けたときを狙うか。崎島がいなければ、権造を討てるかもしれん」

玄沢が自分に言い聞かせるように言った。虚空にむけられた双眸が、刺すようなひかりを帯びている。

6

翌朝、彦次は玄沢とふたりで、仙台堀沿いにある仙台屋に立ち寄り、八吉とともに佐賀町にむかった。まず、繁乃屋の裏手の離れを探り、権造がいるかどうか確かめるつもりだった。

彦次たちは大川端沿いにつづく通りに出て、前方に繁乃屋が見えてくると、路傍に足をとめた。

「おふたりは、ここにいてくだせえ。あっしが、繁乃屋の様子を見てきやす」

彦次は玄沢と八吉に声をかけ、足早に川下にむかった。

彦次は繁乃屋の手前まで来ると、改めて繁乃屋に目をやった。店の入口に、暖簾が出ていた。すでに、客がいるらしく、二階の座敷から客たちの賑やかな談笑の声が聞こえてきた。

彦次は繁乃屋の裏手の離れにも目をやったが、変わった様子はなかった。もっとも、離れは建物の一部が見えるだけなので、確かなことは分からない。

彦次は通行人を装って繁乃屋に近付き、改めて裏手の離れを見た。離れの近くに人の姿はなかったが、話し声がかすかに聞こえた。話の内容は聞き取れなかったが、その物言いからやくざ者らしいことが知れた。おそらく、権造の子分たちだろう。

彦次はいっとき路傍に立って、離れに目をやっていたが、戸口から出てくる者はいなかった。

彦次は、玄沢と八吉のそばにもどり、繁乃屋と裏手の離れの様子を話し、

「どうしやす」

と、ふたりに訊いた。

「離れに踏み込むわけにはいかないし、崎島が姿を見せればいいが……。とにかく、話の聞けそうな権造の子分が、離れから出てくるのを待つしかないな」

玄沢が言った。

彦次たち三人は、大川端沿いの路傍で枝葉を茂らせている柳の樹陰に身を隠し、離れから話の聞けそうな者が出てくるのを待つことにした。

彦次たちが樹陰に身を隠して、半刻（一時間）も経ったろうか。離れの戸口から、遊び人ふうの男がひとり姿をあらわした。男は肩を振るようにして歩いてくる。

男が大川端沿いの通りに出たとき、

「今度は、あっしが行ってきやしょう」

八吉が言って、樹陰から出た。

八吉は男に近付いて声をかけ、肩を並べて歩きだした。ふたりは何やら話しながら、大川端沿いの道を川下にむかって歩いていく。

繁乃屋から一町ほど離れたろうか。八吉だけが、足をとめた。男はそのまま川下にむかっていく。

八吉は男が離れると、踵を返して彦次と玄沢のいる場にもどってきた。

玄沢は八吉がそばに来るのを待って、

「どうだ、何か知れたか」

と、訊いた。

彦次は黙って、八吉に顔をむけている。

「離れの様子が知れやした。……離れには、親分の権造、それに崎島と子分たちがいるそうでさァ」

「子分たちが、何人いるか訊いたか」

玄沢が言った。

「三人いるそうで」

「三人か。崎島もいるとなると、離れに踏み込んで、権造を押さえるわけにはいかぬな。わしらが、討ち取られる」

玄沢が渋い顔をして言った。

その場にいた三人は黙したまま、繁乃屋と裏手にある離れに目をやっていたが、

「出てきた！」

彦次が、身を乗り出して言った。

離れの戸口から、大小を帯びた武士が出てきた。崎島である。崎島はひとり、繁乃屋の脇を通って、大川端沿いの通りに出た。そして、川下の方へ歩いていく。

「崎島は、材木町にいる情婦のところへ行くのかもしれねえ」

彦次が、遠ざかっていく崎島の後ろ姿を見つめながら言った。

「離れに残ったのは、親分の権造と子分が三人か」

玄沢が目をひからせて言った。

「踏み込みやすか」

彦次が訊いた。

「権造を捕らえるいい機会だ。踏み込もう」

玄沢は、彦次と八吉に子分ひとりを相手にするように話した後、

「無理をするなよ。子分たちは、逃がしてもいいからな」

と、言い添えた。

彦次、玄沢、八吉の三人は、大川端沿いに植えられている柳の陰から出ると、まず繁乃屋の前に行き、いつもと変わりないことを確認してから店の脇にむかった。

彦次たち三人は、繁乃屋の脇を通って裏手に足をむけた。二階建ての離れは、繁乃屋の裏手から十数間離れた場所に建っていた。

離れの前には、松、紅葉、つつじなどの庭木が植えられていた。離れの出入口は、繁乃屋の背戸《せど》にむいた場所にあった。繁乃屋と行き来できるように、造られているらしい。

彦次たち三人は、足音を忍ばせて繁乃屋の裏手にまわった。庭木に身を隠すようにして、離れの戸口に近付いていく。

離れの一階から、男の声が聞こえた。子分たちが、話しているらしい。

彦次たち三人は足音を忍ばせて、離れの戸口に近付いた。入口は洒落《しゃれ》た造りの格子戸になっていた。おそらく、繁乃屋に来た客も入れるように造ったにちがいない。

彦次たちは、戸口まで来た。家のなかから、子分たちの声がはっきりと聞こえた。女の話をしているらしい。会話がとぎれ、下卑《げび》た笑い声が起こった。

親分の権造と思われる男の声は、聞こえなかった。権造は、子分たちとは別の奥の座敷にいるのだろう。

7

「あけやす」

彦次が声をひそめて言い、戸口の格子戸を引いた。鍵はかかっていないらしく、すぐに開いた。

すると、家のなかから聞こえていた男たちの話し声がやんだ。離れのなかは、静寂につつまれている。

「戸口にいるのは、だれでえ！」

ふいに、奥の座敷から、男の声が聞こえた。子分たちは、格子戸を開ける音を耳にしたらしい。

「へい、彦助《ひこすけ》といいやす。崎島の旦那に頼まれてきやした」

彦次が、咄嗟に頭に浮かんだ名を口にした。

すると、男たちの声が聞こえていた部屋、その奥の方の座敷から、

「何を頼まれてきたんだ」

と、男の低い声が聞こえた。

……権造らしい！

と、彦次は胸の内で声を上げた。

「へい、権造親分に、お渡しする物がありやす」

彦次は、奥の座敷にも聞こえる声で言った。

「渡す物とは、何だ」

奥の座敷で声がし、人の立ち上がるような音がした。

つづいて、手前の部屋でも、何人かが立ち上がったらしく、かすかに衣擦れの音や畳を踏む音などがした。

男たちが、座敷から廊下に出て戸口に近付いてくる。

「わしらは、脇に隠れるぞ」

玄沢が声をひそめて言い、八吉とふたりで戸口の両脇に身を引いた。

彦次だけが、その場に残った。仲間を装うつもりだった。家の外は明るいが、戸口の敷居の奥は薄暗かったので、逆光になり、彦次の顔ははっきり見えないだろう。

廊下を歩く足音がし、男たちが姿を見せた。三人いる。いずれも遊び人ふうだった。権造の子分たちにちがいない。

三人の背後に、大柄で恰幅《かっぷく》のいい男がひとり姿をあらわした。黒羽織に小袖姿だった。五十がらみであろうか。廊下の薄闇のなかで、双眸がうすくひかっている。

……権造だ！

彦次は、胸の内で確信した。

薄暗いなかで目にしたせいもあるのか、大柄な男には子分たちと違う貫禄《かんろく》があり、威圧感があった。権造にちがいない。

先に戸口に姿をあらわした三人の男のうちのひとり、兄貴格と思われる男が、

「おめえ、だれでえ。見たことのねえ男だ」

と、彦次を見据えて訊いた。

「へい、彦助で……。崎島の旦那に頼まれてきたんでさァ」

すると、三人の男の背後にいた権造が、

「渡す物があると言っていたな」

と、彦次を見据えて訊いた。

「親分、見てくだせえ。あっしには何が入《へえ》ってるか分からねえが、戸口の脇に置いてありやす。重てえし、嵩《かさ》もあるんで、あっしひとりじゃァ持ち込めねえ」

彦次が、もっともらしく言った。

「いったい、何を持ってきたんだ」

権造が先に、土間へ下りた。

慌てて子分の三人が土間へ下りた。

権造は戸口で立ち止まると、

「何も、ねえじゃァねえか」

そう言って、辺りに目をやった。

「ありやす！」

彦次が、声を上げた。

そのときだった。戸口近くのつつじや椿《つばき》などの樹陰に身を潜めていた玄沢と八吉が飛び出した。

「だれでえ！　てめえたちは」

子分のひとりが叫び、咄嗟に権造の前にまわり込んだ。権造の身を守ろうとしたようだ。

「権造、観念しろ！」

玄沢が抜き身を手にし、権造に近寄った。

八吉は十手を手にし、権造の脇からまわり込んだ。すると、ふたりの子分が懐から匕首を取り出し、親分の脇に身を寄せた。

ふたりのうちの兄貴格と思われる男が、

「親分、逃げてくだせえ！」

と、声を上げ、玄沢の前に立った。

もうひとりの遊び人ふうの男は八吉の前に立ち、手にした匕首を八吉にむけた。

彦次は、権造の背後にまわり込もうとした。彦次も、匕首を手にしている。いざというときのために、懐に入れてきたのだ。

玄沢は前に立ち塞がった男に切っ先をむけた後、

「そこをどけ。どかねば、おまえを斬るぞ！」

と、声高に言い、威嚇《いかく》するように八相《はっそう》に構えをとった。

そのとき、玄沢の前に立った男は、

「親分、繁乃屋へ！」

と、叫び、一歩踏み込んだ。

男が踏み込むと同時に、権造は男の脇をすり抜け、繁乃屋の背戸にむかって走った。その場から、逃げたのである。

「そこをどけ！」

叫びざま、玄沢は踏み込むや、前に立ち塞がった男に斬りつけた。

振りかぶりざま袈裟に——。

一瞬の太刀捌きである。

男の肩から胸にかけて小袖が裂け、血が飛び散った。男は呻き声を上げてよろめいた。

この間に、権造は繁乃屋の背戸を開けて飛び込んだ。そこは、板場になっているらしい。

「待て！」

玄沢が、権造の後を追った。

8

玄沢は、繁乃屋の背戸の前まで来て足をとめた。なかに何者かがいる。玄沢は、なかの様子を窺《うかが》った。

そこへ、彦次が走り寄った。

「繁乃屋も、権造の店なのだ。なかにいる男は、子分とみていい」

玄沢が、声をひそめて言った。

「あっしが、中の様子を確かめやす」

彦次は背戸の脇に身を寄せ、聞き耳を立ててなかの様子を窺っていたが、

「旦那、ここは調理場だ。戸口近くには、だれもいねえ」

と、声をひそめて言った。

彦次は、飛猿と呼ばれる盗人だった男である。いまは盗人から足を洗っているが、料理屋の造りも分かっているし、家のなかに人のいる気配を感知するのも、常人より長けている。

「よし、踏み込むぞ」

玄沢は、抜き身を手にしたまま背戸から踏み込んだ。彦次が、玄沢の後につづいた。

　そこは、彦次の言ったとおり、調理場だった。薄闇のなかに、竈、流し場、食器を並べた棚などがぼんやりと見えた。

「ふたり、いやす！」

　彦次が指差して言った。

　見ると、流し場の先の狭い場所に、男がふたりいた。ひとりは遊び人ふうだったが、もうひとりは、料理人かもしれない。手に包丁を持ち、前垂れをかけていた。襷で両袖を絞っている。

「ここまで、踏み込んできやがった！」

　遊び人ふうの男が、声を上げた。

　すると、そばにいた料理人らしい男が、

「調理場に、踏み込んできたぞ！」

　と、叫んだ。近くにいる仲間に知らせたらしい。

その声につづいて、廊下を走る足音がひびき、調理場の先の板間に男がふたり姿を見せた。

ひとりは遊び人ふうだったが、もうひとりは白い前垂れをかけていた。この男も、料理人のひとりらしい。

「ふたりだけだ！」

「殺っちまえ！」

板間に姿を見せたふたりが、眉を吊り上げて叫んだ。

すると、流し場の先にいた遊び人ふうの男が、懐から匕首を取り出した。これを見た、廊下から板間に出てきたふたりも、刃物を手にした。

四人の男はそれぞれ刃物を手にし、すこし前屈みの格好で、背戸の近くに立っている玄沢と彦次に近付いてきた。

「死にたいのか」

言いざま、玄沢が抜刀した。

脇にいた彦次も懐から匕首を取り出したが、一歩身を引いた。この場は腕のたつ玄沢に任せようとしたのだ。

玄沢は周囲に目をやり、竈と流し場からすこし離れた。刀が十分ふるえる場に立ったのである。

玄沢は近寄ってきた遊び人ふうの男に、

「権造は、どこにいる」

と、声をひそめて訊いた。

「知らねえ！」

男は吐き捨てるように言った。匕首を顎《あご》の下に構え、すこし前屈みのまま近付いてきた。

もうひとり、出刃包丁を手にした男が、玄沢の左手にまわり込んだ。血走った目をしている。

一方、彦次は玄沢から身を引いて、背戸近くに身を寄せた。こうした場の斬り合いは、苦手である。

そのとき、玄沢の左手にまわり込んできた男が、

「死ね！」

と、叫びざま踏み込み、手にした包丁を突き出した。

一瞬、玄沢は身を引いて包丁をかわすと、鋭い気合とともに、手にした刀を袈裟に払った。

切っ先が、男の二の腕をとらえた。一瞬の太刀捌きである。

ギャッ、と悲鳴を上げ、男は包丁を取り落とした。小袖の袖が裂け、右の二の腕から血が噴いた。深い傷らしい。

これを見た他の男たちはその場に突っ立ち、恐怖に身を震わせた。玄沢がこれほどの遣い手とは思わなかったのだろう。

「次は、だれだ！　腕ではなく、首を落とすぞ」

そう言って、玄沢は手にした刀を振り上げた。

すると、その場にいた男たちは後退り、玄沢から離れた。そして、流し場から表に通じている廊下の方に身を引いた。逃げ腰になっている。

玄沢は男たちが身を引くと、二の腕を斬られてその場にへたり込んでいる男に、

「権造はどこにいる！」

と、語気を強くして訊いた。

「お、親分は、店を出やした」

男が声をつまらせて言った。

「なに、店を出ただと」

玄沢が聞き返した。

「親分は、店にいると、背戸から踏み込んでくる男たちに店を荒らされると言って、表から出ていきやした」

「逃げたか！」

玄沢は顔をしかめた。

権造は、玄沢たちが繁乃屋の背戸から踏み込んでくると見越し、店の表から逃げたのである。

彦次は玄沢に身を寄せ、

「権造の行方は、つきとめやす」

と、虚空を睨むように見据えて言った。

彦次の胸の内には、権造は何としても討ち取りたい、という強い思いがあった。

第五章　賭場

1

「旦那、どうしやす」

彦次が玄沢に訊いた。

ふたりがいるのは、庄兵衛店の玄沢の家だった。五ツ（午前八時）ごろである。彦次は自分の家で朝餉を済ませた後、玄沢の家に顔を見せたのだ。

彦次たちが、繁乃屋の裏手の離れに踏み込んでから三日経っていた。この間、彦次たちは一度だけ、佐賀町にある繁乃屋に出掛け、店の裏手の離れにも足を運んで探ったが、権造の姿はなかった。

「権造は、繁乃屋にも離れにもしばらく姿をあらわすまい」

玄沢が言った。湯飲みを両手で包むように持っている。

「権造は、佐賀町界隈に身を潜めているはずですぜ」

彦次は膝先に置いてあった湯飲みに手を伸ばした。玄沢が、彦次にも茶を淹れてくれたのだ。

「わしもそうみているが、繁乃屋の近所で聞き込みにあたっても、権造の潜伏先は分かるまい」

そう言って、玄沢は手にした湯飲みの茶を飲んだ。

「旦那、権造の居所を探る手がありやすぜ」

彦次が、身を乗り出して言った。

「どうするのだ」

「賭場でさァ。権造が貸元をしている賭場は堀川町にありやす。権造は繁乃屋の離れを出た後も、貸元として賭場に姿を見せるはずでさァ」

「そうか！　賭場か」

玄沢の声が、大きくなった。

「賭場に姿を見せた権造の跡を尾ければ、隠れ家も分かるはずでさァ」

「彦次の言うとおりだ」

そう言って、玄沢は湯飲みの茶を飲み干し、

「彦次、堀川町に行ってみよう」

と言って、腰を上げた。

彦次と玄沢は、庄兵衛店を出ると、途中、八吉の住む仙台屋に立ち寄った。

八吉は彦次と玄沢を見るなり、

「一杯、やりやすか」

と、訊いた。

「いや、一杯やるのは、此度《こたび》の件の始末がついてからにしよう」

玄沢が、苦笑いを浮かべて言った。

彦次、玄沢、八吉の三人は、店内に置かれた飯台を前にし、腰掛け代わりの空き樽に腰を下ろした。

「これから、権造の居所をつかみに行くつもりなのだ」

玄沢が、声をひそめて言った。

「当てが、ありますかい」

八吉が訊いた。八吉も、権造が繁乃屋から姿を消した後、潜伏先を突き止めるた

めに玄沢たちと一緒に佐賀町に出掛けていたのだ。

「ある」

玄沢がきっぱりと言った。

「どこです」

八吉が、身を乗り出して玄沢と彦次に目をやった。

「賭場だ。……賭場の近くに張り込んで、権造が姿を見せたら、跡を尾ければいい」

「そうか！　賭場か」

八吉が、声高に言った。

それから、彦次たち三人は、八吉の女房のおあきが淹れてくれた茶で喉を潤してから腰を上げた。

三人は仙台屋を出ると、大川端沿いの通りに出て川下にむかった。念のため、繁乃屋の裏手にある離れに権造がもどっていないか確かめてから、堀川町にある賭場へむかうつもりだった。

繁乃屋は店をひらいていたが、裏手にある離れにはだれもいないようだった。

「念のため、あっしが覗いてきやす」

彦次はそう言い残し、繁乃屋の脇から裏手にむかった。

玄沢と八吉が大川端に植えられた柳の樹陰で待つと、彦次はすぐにもどってきた。

「離れには、だれもいねえ。戸が閉まったままでさァ」

彦次が言った。

「やはり、権造は繁乃屋にはもどらないようだ。……堀川町に行ってみよう」

玄沢が先にたった。

彦次たち三人は、大川端沿いの道を川下にむかって歩き、掘割にかかる橋のたもとまで来て、左手の通りに入った。その道は、掘割沿いにつづいている。

しばらく歩くと、佐賀町を過ぎて堀川町に入った。そして、前方に堀にかかる橋が見えてくると、玄沢たちは見覚えのある下駄屋の脇の道に入った。

「あれが賭場だな」

玄沢が、太い欅の脇にある小径の先を指差して言った。

その辺りは空き地になっていて、空き地のなかにつづく小径の先に仕舞屋があった。その仕舞屋が賭場である。

「まだ、賭場をひらくには早いな」

玄沢が、上空に目をやって言った。

陽はまだ上空にあった。仕舞屋もひっそりとして、何人も集まっているとは思えない。賭場につづく小径も人影はすくなく、賭場の客らしい男の姿は見当たらなかった。

「腹拵えでもしておくか」

玄沢が、彦次と八吉に目をやって言った。

彦次たち三人は来た道を引き返し、通り沿いにあった一膳めし屋に入った。三人は酒は頼まず、めしだけ食った。これから賭場を見張り、成り行きによっては権造たちと戦うことになる。酒を飲む余裕はなかったのだ。

彦次たちは一膳めし屋で腹拵えをしてから、来た道を引き返し、賭場になっている仕舞屋が見える場に来ると、道沿いで枝葉を茂らせていた椿の樹陰に身を隠した。その場から、賭場を見張るのである。

2

彦次たち三人が、椿の樹陰に身を隠してどれほど経ったろうか。

彦次が、賭場になっている仕舞屋につづく小径に目をやっていると、何人もの男の姿が見えた。

「やっと来やした！　権造たちが」

彦次が、身を乗り出して言った。

小径を七、八人の男が、仕舞屋にむかって歩いてくる。その男たちのなかに、権造の姿もあった。崎島が、権造の脇にいる。権造が従えている子分のなかに、見覚えのある男が何人かいた。

「大勢だ！　ここで、権造たちを襲うわけにはいかないな」

玄沢が、身を乗り出して言った。

玄沢の言うとおり、この場にいる彦次たち三人で権造たちを襲えば、返り討ちにあうだろう。

「どうしやす」

彦次が訊いた。

「せっかく来たのだ。賭場からの帰りに跡を尾けてみよう」

玄沢が言うと、彦次と八吉がうなずいた。

賭場の貸元である権造が、博奕が終わるまで賭場にとどまることはないだろう。挨拶をした後、代貸に任せて賭場を出るはずである。その帰り道で、権造を討つ機会があるかもしれない。

彦次たちが、椿の樹陰に身を隠して賭場に目をやっていると、仕舞屋につづく小径を職人ふうの男、遊び人、商家の旦那ふうの男などが、ひとり、ふたりと通りかかった。賭場に、博奕を打ちにきた客たちである。

それから、一刻（二時間）ほど経ったろうか。辺りは暗くなり、賭場になってい る仕舞屋から洩れる灯がくっきりと見えるようになった。まだ、権造たちは、賭場から姿を見せない。

「権造たちが、姿を見せてもいいころだがな」

玄沢が、仕舞屋に目をやって言った。

そのときだった。仕舞屋の戸口に男がふたり姿を見せた。ふたりは、下足番をしていた男である。そのふたりにつづいて、男たちが出てきた。何人もいる。

「権造たちだ！」

彦次が言った。

仕舞屋の戸口から、権造の子分たちが何人も出てきた。その子分たちにつづいて、権造と崎島が姿を見せた。さらに、権造の後ろにふたりの子分が姿を見せた。総勢、七人である。

権造たち七人は仕舞屋の戸口から離れると、小径をたどって通りの方へ歩いてきた。

「帰りも、大勢だな」

玄沢が、身を乗り出すようにして言った。

「子分が多過ぎて、権造を御縄にできねえ」

八吉が顔をしかめて言った。

「どうしやす」

彦次が訊いた。

「せっかく、ここまで来たのだ。権造の新しい塒をつきとめよう。権造は繁乃屋の離れには帰るまい」

玄沢が言った。

「そうしやしょう」

彦次も、権造の新しい塒がつきとめられれば、捕らえるなり討つなりできるとみた。

権造たち一行は来た道を引き返し、掘割沿いの道にもどった。そして、東にむかった。繁乃屋のある佐賀町とは反対方向である。

辺りは夜陰につつまれ、道沿いで目につくのは、遅くまで店をひらいている飲み屋や料理屋だけだった。

「どこまで行く気だ」

八吉が、顔をしかめて言った。今日は午前中から歩きまわっているので、疲れたのだろう。

それから、権造たちは小半刻（三十分）ほど歩き、二階建ての仕舞屋の前で足をとめた。大きな家で、一階にも二階にも灯の色があった。起きている者が、何人もいるようだ。

権造の子分のひとりが戸口に近寄り、何やら声をかけた。すると、戸口の格子戸が開き、男がふたり姿を見せた。ふたりとも、遊び人ふうである。

権造のそばにいた男が、戸口に近寄り、

「親分のお帰りだ」

と、姿を見せた男に伝えた。すると、家から出てきたふたりは戸口の脇に立ち、権造たちを迎え入れた。

権造につづいて、子分たちが家に入った後、

「ここが、権造の新しい隠れ家ですぜ」

八吉が身を乗り出して言った。

「そのようだ」

玄沢が、仕舞屋を見つめて言った。

「どうしやす」

「権造の隠れ家に踏み込んで、捕らえることはできんな」

玄沢が、隠れ家には、崎島をはじめ大勢の子分たちがいるとみていい、と言い添

えた。

「出直しやすか。……権造と一緒に入《へえ》った子分たちが残らず、この家に寝泊まりしているかもしれねえ」

彦次が言うと、

「そうだな。出直して近所で聞き込んでみるか。権造を捕らえるなり、討つなりする機会があるはずだ」

玄沢はそう言って、彦次と八吉に目をやった。

「今夜は帰《けえ》りやすか」

八吉が言った。

「そうしよう。今から帰っても、長屋に着くのは夜が更けてからだ」

玄沢が、うんざりした顔をした。

3

彦次、玄沢、八吉の三人は、午後になって堀川町にむかった。昨日、帰りが深夜になり、明け方近くまで寝ていたので、彦次と玄沢は長屋を出るのが遅くなったのだ。

いつものように、彦次と玄沢は途中仙台屋に立ち寄り、八吉を同道した。彦次たち三人は、賭場ではなく権造の隠れ家に行くつもりだった。

玄沢は八吉が浮かぬ顔をしているのを見て、

「八吉、何かあったのか」

と訊いた。

「何もねえんですがね。……どうも、権造はあっしら三人だけじゃァ手に負えないような気がするんでさァ」

八吉が言った。

「たしかに、権造はわしら三人には、大物過ぎるな。下手に手を出すと、返り討ちに遭う」

「八丁堀の旦那に話して、権造たちを御縄にしてもらいやすか」

八吉が、玄沢に顔をむけて言った。

「島崎《しまざき》どのか」

玄沢は、北町奉行所の定廻《じょうまわ》り同心、島崎源之助《げんのすけ》を知っていた。これまでかかわった事件で、八吉を通し、島崎と一緒に探索や捕縛にあたったことがあったのだ。ただ、玄沢は表には出ず、陰でそれとなく島崎と接するだけである。

一方、彦次は島崎と顔を合わせることを避けていた。彦次には、飛猿と呼ばれる盗人だった過去がある。それで、島崎に近寄ることも避けていたのだ。

「八丁堀の旦那なら、捕方を集めて権造たちを御縄にすることもできやすぜ」

八吉が言った。

「いや、わしらだけで、やろう。……八丁堀が乗り出せば、権造たちは姿を消すだろう。そして、ほとぼりが冷めたころ、また長屋に手を出すはずだ」

玄沢が言った。

「そうですかい」

八吉は、がっかりしたように肩を落とした。

「わしらは、長屋を守るために権造たちと闘っているのだ。わしらの手でどうにもならなくなったら、島崎どのの手を借りよう」

玄沢が言うと、そばにいた彦次がうなずいた。

「承知しやした。……あっしらの手で、権造たちを御縄にしやしょう」

　八吉が、きっぱりと言った。

　彦次たち三人はそんな話をしながら佐賀町まで来ると、掘割沿いの道に入り東にむかった。そして、堀川町に入り、二階建ての仕舞屋の近くまで来ると、路傍に足をとめた。その仕舞屋が、権造の隠れ家である。

「あっしが、様子を見てきやしょう」

　彦次がそう言って、仕舞屋の方へ行こうとすると、

「待て、彦次、家の近くで足をとめるな。どこに、子分たちの目がひかっているかしれぬぞ」

　と、玄沢が声をかけた。

「承知しやした」

　彦次は、通行人を装って仕舞屋に近付いた。そして、仕舞屋の前で歩調を緩めただけで通り過ぎた。

　彦次は仕舞屋から半町ほども離れたところまで行って足をとめ、玄沢たちのいる場にもどってきた。

「何か知れたか」

玄沢が訊いた。

「男が何人かで、女の話をしてやした。……これといった話じゃァねえ」

彦次が顔をしかめた。

「そうか」

玄沢はいっとき虚空に目をやって黙考していたが、

「権造の隠れ家には、子分たちが何人もいるだろうな。どうだ、隠れ家にいる子分をひとり捕らえて、話を聞いてみるか」

と、彦次と八吉に目をやって言った。

「隠れ家に、踏み込むんですかい」

八吉が、身を乗り出して訊いた。

「それは、無理だ。崎島や子分たちのいる家に踏み込んだら、わしら三人、生きて家を出られぬ」

玄沢はそう言った後、

「隠れ家を見張って、捕らえられそうな子分が出て来るのを待つしかないな」

と、小声で言い添えた。

彦次たち三人は、身を隠す場所を探して辺りに目をやった。

「あそこは、どうです」

八吉が指差した。

仕舞屋からすこし離れた道沿いの空き地に、笹や丈の高い雑草が群生していた。そこは足場は悪いし、動くと物音がするだろうが、他にいい場所がないので、彦次たちは笹藪《ささやぶ》の陰に身を隠すことにした。

彦次たちが笹藪の陰に身を隠して、半刻（一時間）ほど経ったろうか。隠れ家から、遊び人ふうの男がひとり出てきた。

「都合よく、ひとりだぞ」

玄沢が、笹藪の陰から身を乗り出して言った。

「捕らえやすか」

彦次が訊いた。

「権造や子分たちに知れないように、家から離れるのを待って捕らえよう」

玄沢が言うと、彦次と八吉がうなずいた。

遊び人ふうの男は懐手をして、彦次たちが身を隠している場所に近付いてくる。

彦次たちに気付いていないようだ。

「彦次、八吉、男の裏手にまわってくれ」

玄沢が声をひそめて言った。

彦次と八吉は、無言でうなずいた。ふたりとも、近付いてくる遊び人ふうの男に目をやっている。

4

遊び人ふうの男は、彦次たちが身を隠している場所の近くまで来た。そのとき、彦次と八吉が飛び出した。

ザザザッ、と笹藪を分ける音が辺りに響いた。

遊び人ふうの男は、驚いたような顔をして足をとめ、音のした方に目をやった。雑草を分けて通りに出てきた彦次と八吉を目にしたはずだが、男はその場から動かなかった。彦次たちが何者で、何のために雑草のなかにいたのか分からなかったからだろう。

玄沢は彦次と八吉が男の背後にまわったのを見てから、男の前に飛び出した。

「ま、前からも、来やがった！」

男は声を上げ、懐に手をつっ込んだ。そして、匕首を取り出した。その匕首が震えている。

玄沢は抜刀し、刀身を峰に返すと、

「痛い思いをしたくなかったら、匕首を捨てろ！」

そう言って、切っ先を男にむけた。

「殺してやる！」

男は叫び声を上げ、手にした匕首を胸の前に構えた。そして、玄沢にむかってつっ込んできた。

玄沢は右手に体を寄せながら、刀身を横に払った。一瞬の太刀捌きである。

玄沢の峰打ちが、男の腹を強打した。

男は呻き声を上げてよろめき、手にした匕首を落とした。そして、足がとまると、両手で腹を押さえてうずくまった。

そこへ、彦次と八吉が走り寄った。

「この男を笹藪の先まで連れていくぞ」

玄沢が、彦次と八吉に声をかけた。

玄沢たち三人は、捕らえた男を群生している笹藪の先まで連れていった。そこは雑草に覆われた空き地で、丈の低い雑草が生い茂っている。

彦次たち三人は、笹藪の陰になって通りから見えない場に、捕らえた男を連れ込んだ。

「おまえの名は」

玄沢が男を見すえて訊いた。

男は恐怖に体を震わせていたが、

「ちょ、長助《ちょうすけ》でさァ」

と、声を震わせて名乗った。

「長助、おまえが出入りしていた家は、権造の塒だな」

玄沢が訊いた。

長助は戸惑うような顔をして口をつぐんでいたが、

「そうで……」

と、肩を落として言った。

「親分の権造は、あの家に籠っていることが多いのか」

「へい、ちかごろ権造親分は、賭場へ行くぐれえであまり家を出ねえ。……旦那たちに狙われてるのを、知ってるんでさァ」

長助が、隠さずに話した。玄沢とのやり取りで、隠す気が薄れたのだろう。

「用心棒の崎島も、あの家に住んでいるのか」

玄沢が訊いた。

「崎島の旦那は、親分が賭場へ行く前《めえ》に家に来やす。それから、親分と一緒に賭場へ行くんでさァ」

「崎島の塒は、どこにある」

玄沢が、強い響きのある声で訊いた。

「この掘割の先でさァ」

そう言って、長助は掘割の東方を指差した。

「長屋ではあるまい」

「へい、借家でさァ。賭場に行く途中の脇道に入《へえ》ったところに、仕舞屋がありやす」

「その借家に、ひとりで住んでいるのか」

「情婦《いろ》と一緒でさァ」

「そうか」

玄沢はいっとき黙考していたが、

「崎島が権造と離れるときは、権造が家にいるときだけか」

と、長助に目をやって訊いた。

長助はいっとき黙したまま記憶をたどるような顔をしていたが、

「他に、ありやす」

と、玄沢に顔をむけて言った。

「いつ、離れる」

「親分が、賭場とは別の場所へ行くときでさァ」

「権造はどこに行くのだ」

「小料理屋で……。ちかごろ、おしんという女将を馴染みにしてやしてね。暗くなってから行くことがありやす」

「その小料理屋は、どこにあるのだ」

玄沢が身を乗り出して訊いた。

「この道を三町ほど行くとありやす」

「小料理屋の店の名は」

「桔梗屋《ききょうや》でさァ」

「権造はひとりで行くのか」

「子分を連れていくときもありやす。連れていっても、ひとりかふたりでさァ」

「そうか」

玄沢は、権造が桔梗屋に出掛けたときに襲えば討てる、とみた。

彦次と八吉もそう思ったらしく、顔を見合わせてうなずき合っている。

彦次たち三人が口を閉じると、

「知ってることは、みんな話しやした。あっしを帰《けえ》してくだせえ」

長助がそう言って、首をすくめた。

「どこへ帰る。権造の家にもどるのか」

玄沢が訊いた。

「もどれねえ！」

長助が、顔をしかめて言った。

「おまえが、わしらに話したことは、権造にすぐに知れるからな。……権造はおまえを生かしてはおくまい」

「お、親分に、殺されちまう」

長助の声が震えた。

「しばらく身を隠せるか」

玄沢が訊いた。

長助は、いっとき虚空に目をやって記憶をたどるような顔をしていたが、

「京橋の近くで、あっしの兄貴が下駄屋をやってやす。女房子供がいるので、長くはいられねえが、ほとぼりが冷めるまで、そこに身を隠していやす」

と、玄沢に顔をむけて言った。

「京橋なら、権造たちの目にとまらないな」

玄沢は長助を逃がしてやろうと思い、彦次と八吉に目をやると、ふたりは黙した

ままうなずいた。

5

彦次と玄沢は長助から話を聞いた翌日、昼過ぎになってから堀川町にむかった。途中、仙台屋に立ち寄り、八吉も連れ立った。

彦次たち三人は、佐賀町を経て堀川町に入った。このところ、何度も行き来した道筋である。

堀川町の掘割沿いの道をいっとき歩き、前方に二階建ての仕舞屋が見えてくると、路傍に足をとめた。その仕舞屋が、権造の隠れ家である。

「あっしが、様子を見てきやす」

彦次がそう言い、玄沢と八吉をその場に残して仕舞屋にむかった。

彦次は通行人を装って仕舞屋に近付いたが、すこし歩調を緩めただけで、そのまま通り過ぎた。

彦次は仕舞屋から半町ほど歩くと足をとめ、踵を返して玄沢たちのいる場にもどってきた。彦次は、仕舞屋にいる権造や子分たちに足音で気付かれないように、立ち止まらずに通り過ぎたらしい。

「どうだ、家の様子は」

玄沢が訊いた。

「子分たちの他に、権造もいるようですぜ」

彦次によると、家のなかから、親分と呼ぶ声が聞こえたという。

「まだ、崎島はこの家に来ていまいな」

玄沢が言った。権造たちが賭場にむかうのは、陽が西の空にまわってからなので、崎島が親分の家に来ているとは思えなかったのだ。

「この家に踏み込んで、先に権造を始末しやすか」

彦次が言った。

「子分たちが、何人もいる。下手に踏み込んだら、権造を討ち取るどころか、わしら三人は生きて家から出られぬぞ」

玄沢が顔を厳しくした。

「賭場へ行くときは、子分だけでなく崎島も加わるのか……」

八吉が首を捻った。どうしたらいいか、戸惑っているようだ。

玄沢はいっとき虚空に目をやって、考え込んでいたが、

「先に、崎島を討つか」

と、彦次と八吉に目をやって言った。

「情婦《いろ》と一緒にいる崎島を襲うんですかい」

彦次が身を乗り出して訊いた。

「そうだ」

「やりやしょう」

彦次が言うと、八吉もうなずいた。

彦次、玄沢、八吉の三人は来た道をすこし引き返し、見覚えのある下駄屋の脇の道へ入った。その道の先に、賭場はある。

「崎島は、賭場に行く途中の脇道を入ったところにある借家に、情婦《いろ》と住んでいるということだったな」

玄沢が念を押すように言った。

「そうでさァ。……この辺りで、訊いてみやすか」

彦次がそう言って、通り沿いの店や仕舞屋などに目をやり、

「そこにある八百屋で、訊いてきやす」

と言って、道沿いにある八百屋にむかった。

八百屋の親爺が、店の前の台に並べられた大根を手に品定めをしていた。古い大根を下げようとしているらしい。

「親爺、ちと訊きてえことがあるんだが」

彦次が声をかけた。

「何です」

親爺は、大根を手にしたまま彦次に顔をむけた。

「この辺りに、崎島さまというお侍の住む借家があると聞いてきたんだが、知らねえか。むかし、崎島さまに世話になったことがあってな」

彦次は、崎島の名を出して訊いた。

「知ってやすよ」

親爺が小声で言った。

「教えてくれ。挨拶だけでもしてくる」

「情婦《いろ》のところですぜ」

「そうらしいな」

彦次が、声をひそめて言った。

「そこの家の脇に、細い道がありやすね」

親爺が、通り沿いにある古い家屋を指差した。その家の脇に、小径があった。人がひとり通れるだけの道幅しかない。

「その道をすこし入《へえ》ると、借家が二棟並んでいやす。手前の棟に、崎島さまたちは住んでるようで」

親爺が、薄笑いを浮かべて言った。崎島と情婦の暮らしを想像したのかもしれない。

「手間をとらせたな」

彦次は親爺に声をかけ、その場を離れた。

彦次は玄沢と八吉のいる場にもどると、親爺から聞いたことを一通り話し、

「崎島が住んでいる家に、行ってみやすか」

と、ふたりに目をやって訊いた。

「崎島がいれば、その場で討ち取るか」

玄沢が低い声で言った。双眸が、鋭いひかりを宿している。

「やりやしょう」

彦次も、その気になっている。

彦次たち三人は、道沿いにある古い家屋の脇の道に入った。その道をいっとき辿《たど》ると、道沿いに借家らしい家が二棟並んでいるのが見えた。平屋造りで、部屋は二部屋らしい。恐らく裏手に流し場があるのだろう。

彦次は路傍に足をとめ、

「あっしが、見てきやす」

と言って、その場を離れた。

彦次は通行人を装って、二棟並んでいる借家に近付いた。そして、手前の家の前まで来ると、すこし歩調を緩めた。

……いる！

彦次は、胸の内で声を上げた。

家のなかから話し声が聞こえた。男と女の声である。会話のなかで、女が、「おまえさん、今日は遅くなるの」と訊いた。すると、男が「権造のところに、顔を出すだけだ」と答えた。

彦次は、男が権造の名を口にしたので、崎島に間違いないと思った。彦次は来た道を引き返し、玄沢たちのいる場にもどると、

「崎島は家にいやす。情婦《いろ》と一緒のようでさァ」

すぐに、言った。

「崎島を討とう。……家から呼び出せるか」

玄沢が訊いた。

「あっしが、呼び出しやす」

彦次はそう言うと、懐から手拭いを取り出し、頰被《ほおかむ》りをした。念のため、顔を隠したのである。

「旦那たちも、家の近くまで来てくだせえ」

彦次はそう言って、手前の借家にむかった。玄沢と八吉は彦次からすこし間をとって、後ろからついてくる。

彦次たち三人は、手前の家の近くまで来ると足をとめた。

「手前の家に、崎島はいやす。あっしが、家から呼び出しやすから、旦那たちは家の脇に身を隠してくだせえ」

彦次はそう言うと、ひとり手前の家に近付いた。

玄沢と八吉は、足を忍ばせて手前の家に近付くと、斜向《はすむ》かいにあった家の脇に身を隠した。崎島が姿を見せたら飛び出すつもりらしい。

6

彦次は、崎島と女のいる家の前まで来て足をとめた。すぐに、家のなかの崎島と女の声がやんだ。戸口に近付いてきた足音を耳にしたらしい。

「崎島の旦那、いやすか」

彦次が戸口で声をかけた。すると、崎島と女の声が聞こえなくなり、いっとき間を置いてから、

「だれだ！」

と、崎島の声がした。

「彦助といいやす。権造親分に頼まれてきやした」

彦次は、偽名を口にした。

「何を頼まれた」

崎島が訊いた。

「崎島の旦那に渡すように言われて、預かってきた物がありやす。大きい物で、戸口に置いてありやす」

彦次は、崎島を外に呼び出すために作り話を口にした。

「何を預かってきたのだ」

崎島の苛立ったような声がした。

「あっしには、分からねえ。旦那が見てくだせえ」

彦次が言った。

「いま、外に行く」

家のなかで、立ち上がる気配がした。そして、戸口に近付いてくる足音が聞こえた。土間に下りる音につづいて、戸口の腰高障子が開いた。

姿を見せた崎島は、彦次を見て首を傾《かし》げたが、

「どこにあるのだ」

と、辺りに目をやって訊いた。

崎島は大刀を手にしていた。念のため、そばに置いてあった刀を手にして外に出てきたようだ。


「戸口の脇に、置きやした」

そう言って、彦次が隣の家との間を指差した。

「何を持ってきたのだ」

崎島は苛立ったような口調で言い、戸口から出て隣の家の方に足をむけた。

そのとき、斜向かいの家の脇に身を隠していた玄沢と八吉が飛び出した。その足音で、崎島は足をとめて、振り返った。

「長屋のやつらか！」

崎島は叫びざま、走り寄る玄沢と八吉に体をむけた。そして、手にした刀に右手を添えた。抜刀体勢をとったのである。

「崎島、観念しろ」

玄沢が抜刀した。

八吉は玄沢からすこし身を引き、十手を取り出して身構えた。彦次は、玄沢と八吉から離れた場所で崎島に目をやっている。

崎島は玄沢と対峙して刀を抜いた。そして、八相に構えた。隙《すき》のない構えだが、気が昂って腕に力が入り過ぎているせいか、刀身がかすかに震えている。

玄沢は青眼《せいがん》に構えた。腰の据わった隙のない構えで、切っ先が崎島の目にむけられている。

玄沢と崎島は動かず、青眼と八相に構えたまま全身に斬撃《ざんげき》の気配をみせて、気魄《きはく》で攻めていた。

どれほどの時間が過ぎたのか。ふたりは相手に気を集中させているため、時間の経過の意識はなかった。

そのとき、八吉が崎島の左手にまわり込もうとして動いた。その動きで、玄沢と崎島に斬撃の気が走った。

イヤアッ！

タアッ！

ふたりの気合が響き、ほぼ同時に斬り込んだ。

玄沢は青眼から袈裟へ――。

崎島は八相から袈裟へ――。

袈裟と袈裟。ふたりの刀身が、眼前でぶつかり合い、青火が散った。

ふたりは動きをとめたまま刀身で押し合った。鍔《つば》迫《ぜ》り合《あ》いである。

だが、ふたりはすぐに刀身で相手を押して後ろに跳んだ。跳びざま、ふたりとも斬り込んだ。

玄沢は突き込むように相手の右手に斬り込み、崎島は袈裟に払った。ふたりの一瞬の斬撃である。

玄沢の切っ先は崎島の右の前腕をとらえ、崎島の切っ先は空を切って流れた。玄沢は両腕を前に伸ばして斬り込んだため、切っ先が相手にとどいたのだ。

ふたりはふたたび青眼と八相に構えて対峙したが、崎島は顔をしかめて後退った。八相に構えた右腕から血が赤い筋を引いて流れ落ち、崎島は八相に構えていられなくなったらしい。

後退った崎島は玄沢との間があくと、刀身を下げ、

「勝負、預けた！」

と、叫びざま、反転した。

崎島は、抜き身を手にしたまま走りだした。逃げたのである。

「逃げるか！　待て」

玄沢は崎島の後を追ったが、すぐに足がとまった。崎島の逃げ足が速く、追っても追いつけないとみたのだ。

そこへ、彦次と八吉が走り寄った。彦次は逃げる崎島を追うつもりで、その場から走りだした。

「待て、彦次、追わずともよい」

玄沢がとめた。

下手に追うと、崎島は反転して斬りつけるかもしれない。素手で追っている彦次は、崎島の斬撃を躱《かわ》すのはむずかしいだろう。

玄沢の声で、彦次は足をとめ、玄沢と八吉のいる場にもどってきた。

「逃げられやした」

彦次が、荒い息を吐きながら言った。

「いずれ、崎島を討つ機会はある」

玄沢が言った。

彦次たち三人は、来た道を引き返した。今日のところは、三人ともそれぞれの塒に帰るつもりだった。

7

玄沢が崎島と立ち合った翌日、彦次、玄沢、八吉の三人は堀川町に来ていた。三人は前方に掘割にかかる橋が見えてくると、下駄屋の脇の道に入った。この道の先に、賭場があるのだ。

「まだ、賭場はひらいてないようだ」

八吉が言った。仕舞屋の表戸は閉まり、ひっそりとしていた。

「そろそろ、ひらくころだ」

玄沢が上空に目をやった。陽は西の空にあった。七ツ(午後四時)ごろであろう。

「隠れやすか」

彦次が訊いた。

「そうだな。権造の子分たちの目にとまりたくないからな」

玄沢が言った。

彦次たち三人は、道沿いで枝葉を茂らせていた椿の樹陰に身を隠した。そこは、以前彦次たちが身を隠して賭場を見張った場所である。

「下足番らしいのが、出て来やしたぜ」

八吉が、仕舞屋を指差して言った。

仕舞屋から遊び人ふうの男がふたり、姿を見せた。そして、ふたりは戸口に立って、賭場に通じている道に顔をむけた。確かに下足番らしい。賭場の客が来るのを待っているようだ。

それからいっときすると、賭場につづく小径に、男がひとり、ふたりと姿を見せた。賭場に博奕を打ちに来た客らしい。男たちは、仕舞屋に入っていく。

「来やした！　権造たちだ」

八吉が身を乗り出して言った。

見覚えのある権造たちの一行が姿を見せ、仕舞屋にむかって歩いていく。

「崎島はいねえ！」

彦次が身を乗り出して言った。

権造たち一行は、七人だった。そのなかに、崎島の姿はなかった。権造と子分たちだけである。

「よし、権造たちを討ついい機会だ」

玄沢が言った。めずらしく、玄沢が意気込んでいる。やっと、権造を討つときがきたと思っているのだろう。

玄沢たちが、先に崎島だけを襲って討とうとしたのは、権造を討つためでもあった。権造のそばに腕のたつ崎島がいなければ、玄沢たち三人で奇襲し、権造を討つことができると踏んでいたのだ。

権造たち一行は、下足番をしている子分に迎えられて仕舞屋に入った。

辺りは夕闇につつまれ、権造たちに続いて賭場の客が、ひとり、ふたりと入っていった。

客の姿が途絶えてしばらくすると、賭場で博奕が始まったらしく、仕舞屋が静寂につつまれたり、男たちのどよめきが聞こえたりするようになった。

「そろそろ、出てくるころだな」

玄沢が言った。

それからいっときして、下足番のふたりの男につづいて、権造と子分たちが戸口から姿を見せた。

「権造たちだ！」

彦次が声を上げた。

権造の子分は六人。いずれも、遊び人ふうの男たちで、武士の姿はなかった。

権造たちは仕舞屋から出ると、辺りに顔をむけていた。親分の命を狙っている者がいないか、確かめているようだ。

ふたりの子分が先に立って仕舞屋から離れた。権造と四人の子分が後につづいた。

権造たちは仕舞屋の前の小径をたどって、彦次たちが身を隠している通りまで出てきた。権造たちは辺りに目を配りながら歩いてくる。

彦次たち三人は、道沿いで枝葉を茂らせた椿の樹陰に身を隠したまま、権造たちが近付くのを待っている。

権造たちが、椿のそばまで来たときだった。

彦次と八吉が、椿の樹陰から飛び出した。ふたりは、道の脇を通って権造たちの背後にまわり込んだ。

　権造たちは、樹陰から飛び出してきた彦次と八吉を見て、その場に身を硬くして突っ立った。一瞬、何者が飛び出してきたか、分からなかったようだ。

「親分を狙ってるやつらだ！」

「殺っちまえ！」

　権造のそばにいたふたりの叫び声が響き、六人いた子分のなかの四人が、彦次と八吉に走り寄った。

　四人の男が、権造のそばから離れたときだった。玄沢が樹陰から走り出て、権造に迫った。

「二本差しだ！」

　権造の子分のひとりが叫んだ。玄沢のことを知らない男らしい。

　権造の前にいたふたりの男は、玄沢の前に立ち塞がった。ひとりは匕首、もうひとりは長脇差を手にしている。ふたりとも顔が青褪め、手にした匕首と長脇差が震えている。こうした斬り合いの経験が、ないのかもしれない。

「権造、観念しろ！」

玄沢が、手にした刀の切っ先を権造にむけた。

「よ、よせ。……金ならいくらでもやる」

権造は後退りながら、声を震わせて言った。

「金などいらぬ」

玄沢は、権造に迫った。

そのとき、玄沢の前にいた子分のひとりが、

「殺してやる！」

と、叫びざま踏み込み、手にした長脇差で玄沢に斬り付けた。

咄嗟に、玄沢は身を引きざま、刀を振り下ろした。一瞬の太刀捌きである。その切っ先が、子分のひとりの長脇差をつかんだ右腕をとらえた。

ギャッ、と悲鳴を上げ、子分は後退った。刀を手にした右の二の腕を斬られ、血が噴いた。

男は斬られたところを左手で押さえて、さらに後退り、権造から離れた。

すかさず、玄沢は踏み込み、権造にむかって刀を袈裟に払った。その切っ先が、逃げようとして背をむけた権造をとらえた。

切っ先が権造の肩から背にかけて斬り裂き、露になった肌から血が噴いた。

権造は血を撒《ま》きながらよろめき、足がとまると、腰からくずれるように倒れた。

地面に俯せになった権造は呻き声を上げ、身を起こそうとしたが、顔をもたげることもできなかった。

いっときすると、権造は動かなくなった。絶命したようである。

「権造を討ち取ったぞ！」

玄沢が声を上げた。

すると、彦次と八吉に匕首や長脇差をむけていた子分たちが慌てて身を引き、反転し、賭場になっている仕舞屋の方にむかって走りだした。逃げたのである。

その場から子分たちが遠ざかると、

「これで、始末がついた」

と、彦次と八吉に目をやって言った。

彦次と八吉は、ほっとしたような顔をして玄沢に近付いてきた。

第六章　手練たち

1

彦次たちが権造を討ち取った二日後――。

四ツ（午前十時）ごろになって、彦次と玄沢は庄兵衛店を出た。ふたりは堀川町に行くのだが、その前に仙台屋に寄るつもりだった。

彦次たちが仙台屋の縄暖簾をくぐって店に入ると、八吉と女房のおあきの姿があった。ふたりは、店を開く準備をしていたらしい。

「あら、おふたりとも、早いですね」

おあきが、笑みを浮かべて言った。

「一杯やりやすか。酒なら用意できやすぜ」

八吉が言った。

「酒はいい。これから、材木町まで行くつもりなのだ」

そう言って、玄沢が腰掛け代わりの空き樽に腰を下ろすと、彦次も、玄沢の脇に腰掛けた。

「茶にしやしょう」

八吉は、おあきに「茶を淹れてくんな」と声をかけた。

おあきは、すぐに板場に入った。

「崎島ですかい」

八吉が、玄沢と彦次に目をやって訊いた。

「そうだ。……崎島をこのままにしておいたのでは、始末がついた気がしないからな」

玄沢が言うと、彦次がうなずいた。

「あっしも、行きやしょう」

八吉が身を乗り出して言った。

「頼む」

玄沢は彦次と相談し、八吉にも同行してもらうつもりで仙台屋に寄ったのである。

それからいっときすると、おあきが湯飲みを盆にのせて持ってきた。

彦次たち三人は、茶を喫しながら崎島の居所などを話した。

そして、彦次たち三人は仙台屋を出ると、店の前の道をたどって大川端沿いの道に出た。佐賀町に入り、掘割沿いの道を東にむかってたどり、堀川町に入った。彦次たちが、何度もたどった道である。

さらに掘割沿いの道をいっとき歩くと、二階建ての仕舞屋が見えてきた。権造の隠れ家だったが、いまは空き家になっている。彦次たちが、権造を討ち取ったからだ。

彦次たちは、仕舞屋の近くにある下駄屋の脇の道に入った。その先に、賭場があったのだが、こちらもいまは空き家になっている。

崎島の家は、賭場へ行く途中の脇道を入った先にあった。借家で、崎島は情婦と住んでいるはずである。

彦次たちが下駄屋の脇の道をいっとき歩くと、見覚えのある八百屋が見えてきた。以前来たときに、八百屋の親爺に崎島の住む家を訊いたことがある。

彦次は、八百屋の店先にいる親爺を目にすると、

「親爺に、崎島が借家にいるかどうか訊いてきやす」

そう言って、玄沢たちから離れ、八百屋にむかった。

彦次は店先にいる親爺に近付き、

「親爺、久し振りだな」

と、声をかけた。

親爺は店先の台に並べられた大根と葱《ねぎ》の品定めをしているようだったが、彦次に顔をむけ、

「見たような顔だが……」

と、つぶやいて、首を捻った。彦次のことを思い出せないようだ。

「おれを忘れたのかい。この先の借家に住む崎島の旦那のことを訊いたじゃァねえか」

彦次が言った。

「そうだったな」

親爺は思い出したらしく、うなずいた。

「また、崎島の旦那に用があって来たんだがな。崎島の旦那は、借家にいるかい」

彦次が、借家の方に目をやって訊いた。

「いねえよ」

親爺が、素っ気なく言った。

「出掛けたのか」

「今朝方な、崎島の旦那が通りに出ていくのを見掛けたぜ。……何処かへ出掛けたようだな」

「行き先は、分かるかい」

「分からねえ」

親爺はそう言うと、手にした葱を台の上に置き、別の葱を手にして品定めを始めた。いつまでも喋っているわけにはいかないと思ったようだ。

「手間を取らせたな」

彦次はそう言い置き、玄沢たちのいる場にもどった。

「崎島は出掛けたようだが、借家にもどっているかもしれやせん」

彦次はそう言って、八百屋の親爺から聞いたことを話してから、「念のため、借家を覗いてきやす」と言い残し、その場を離れた。

彦次は、二棟並んでいる借家の手前の家に足音を忍ばせて近付いた。家のなかで、かすかに足音がした。

彦次は通りから見えないように借家の脇に身を寄せ、板壁に張り付いた。彦次は飛猿と呼ばれた盗人だったことがあり、こうしたことは巧みである。

……家にいるのは、女ひとりだ。

彦次が胸の内でつぶやいた。

足音は女のものだった。恐らく崎島の情婦《いろ》であろう。他に人のいる気配はなかった。

彦次は、玄沢と八吉のいる場にもどり、

「家には、崎島の情婦しかいねえ」

と伝えた。

「崎島の行き先は、分かったか」

玄沢が訊いた。

「分かりやせん」

彦次が答えるのへ、

「近所で聞き込んでみやすか」

と、八吉が口を挟んだ。

「そうだな。行き先を知っている者がいるかもしれん」

玄沢が言い、彦次たち三人はその場で分かれた。近所で聞いてみるのだ。

彦次たちは手分けして、半刻（一時間）ほど近所の住人にあたって訊いたが、崎島の行き先は分からなかった。

「どうしやす」

八吉が、彦次と玄沢に目をやって訊いた。

「出直すか。……焦ることはない。崎島が、ここにもどったときに討てばいいのだ」

玄沢が言うと、彦次と八吉がうなずいた。

2

翌日、彦次、玄沢、八吉の三人は、昼近くになってから崎島の住む家の近くまで来て、路傍に足をとめた。

「崎島はいるかな」

玄沢が、二棟並んでいる借家に目をやって言った。

「あっしが、見てきやしょう」

そう言って、彦次がその場を離れようとしたときだった。二棟並んでいる借家の奥の家の戸口から、年増が女児の手を引いて出てきた。奥の家の住人らしい。

「あの女に訊いてきやす」

彦次が、その場を離れた。

年増は女児と何やら話しながら、歩いてくる。

彦次がふたりの前に立つと、年増は驚いたような顔をして足をとめた。女児は母親の手を握ったまま食い入るように彦次を見ている。まだ、四、五歳かもしれない。

「すまねえ。ちと、訊きたいことがあってな」

彦次が首をすくめて言った。

「何でしょうか」

年増は不安そうな顔をした。

「隣の家に、二本差しが住んでねえかい。あっしの知り合いの二本差しの旦那が、この辺りに住んでいると聞いてな。来てみたんだ」

彦次は、作り話を口にした。

「住んでます」

年増が答えた。不安そうな表情が消えている。危害をくわえられるようなことはない、と思ったのだろう。

「いまもいるのかい」

彦次が訊いた。

「いまは、いないようです。……四ツ（午前十時）ごろ、家から旦那が出ていくのを見掛けましたから」

年増が言うと、

「あたしも、見た」

と、女児が彦次を見上げて言った。

「崎島の旦那は、ひとりで出掛けたのかい」

彦次が、崎島の名を出して訊いた。

「ふたりでしたよ」

年増が言った。

「ふたりか」

彦次の声が、大きくなった。

「はい、崎島の旦那は若い男と一緒に家を出たようです」

「若い男もお侍かい」

「いえ、町人です。遊び人のように見えましたが……」

年増が、語尾を濁した。はっきりしないのだろう。

「どこへ行ったか、分かるかい」

さらに、彦次が訊いた。

「分かりません」

女はそう言うと、その場から離れたいような素振りを見せた。

彦次は娘を見て笑みを浮かべ、

「崎島は、出掛けることが多いのかい」

と、訊いた。幼い娘も、笑みを浮かべて彦次を見た。

「よく出掛けますよ。でも、陽が沈むころには、帰ってくるようです」

女は、娘に目をやって言った。

「出掛けても、帰ってくるのか」

彦次が、念を押すように訊いた。

「はい、ちかごろ、帰らない日はないようですよ」

年増はそう言うと、彦次に頭を下げ、娘の手を引いて足早にその場を離れた。見知らぬ男と話し過ぎたと思ったのかもしれない。

彦次は念のため、崎島の家の戸口に身を寄せて聞き耳をたてた。女と思われる足音と障子を開け閉めするような音が聞こえた。その音しかせず、他に人のいる気配がないことから、女ひとりしかいない、と判断し、玄沢たちのいる場にもどった。

「どうだ、崎島はいたか」

すぐに、玄沢が彦次に訊いた。

「出掛けたようですぜ」

彦次は、年増から聞いたことを話した。

「行き先は、分からないのだな」

玄沢が念を押すように訊いた。

「分かりやせん」

彦次が言うと、

「崎島と一緒に出掛けた若いのは、権造の子分だった男じゃァねえかな」

八吉がそう呟き、

「賭場のあった辺りで、聞き込んでみやすか。崎島たちの行き先がつかめるかもしれねえ」

と、玄沢と彦次に目をやって言った。

すると彦次が、

「いま聞いた女の話だと、崎島は出掛けても、陽が沈むころには帰ってくるそうですぜ」

と、身を乗り出すようにして言った。

「陽が沈むころには帰ってくるのか」

玄沢が念を押すように訊いた。

「そうらしいでさァ」

「よし、崎島が帰るまで待とう」

玄沢が語気を強くして言った。

彦次たち三人は待っている間に腹拵えをすることにし、下駄屋の脇の道まで出て左右に目をやった。

「旦那、そこに一膳めし屋がありやす」

彦次が通りの先を指差した。

半町ほど離れた先に、一膳めし屋があった。店先に、「一膳めし」と書かれた掛看板が出ている。

「そこの店で腹拵えをするか」

玄沢が言った。

彦次たちは一膳めし屋に入り、座敷に腰を落ち着けた。そして、注文を訊きに来た小女に、酒とめしを頼んだ。酔わない程度に飲もうと思ったのだ。

3

彦次たちが一膳めし屋を出ると、陽は西の空にまわっていた。七ツ（午後四時）を過ぎているかもしれない。

「急ごう」

玄沢が言った。暗くなる前に崎島を家の外に呼び出して、討ち取りたかったのだ。

彦次たちは来た道をたどり、崎島の住む家にむかった。

「崎島は、帰っているかな」

歩きながら、玄沢が言った。

「帰《けえ》っているはずでさァ」

彦次はそう言ったが、崎島が帰っているかどうか分からない。帰っていなければ、帰るまで待つつもりだった。話を訊いた年増は、ちかごろ崎島が帰らない日はない、と口にした。何か特別なことがなければ、崎島は帰ってくるだろう。

彦次たちは、二棟並んでいる借家の近くまで来て足をとめた。奥の家からは、女の話し声や物音がしたが、崎島と情婦の住む手前の家はひっそりとしていた。

「静かだな」

玄沢が言った。

「崎島は帰《けえ》ってねえのかな」

八吉は首を傾げた。

「あっしが見てきやす」

そう言って、彦次はその場を離れた。

彦次は通行人を装って、崎島と情婦の住む手前の家に近付いた。そして、足音を忍ばせて、家の戸口に身を寄せた。

……いる！

彦次は胸の内で声を上げた。

家のなかから男と女の声がした。男は武家言葉だった。女が会話のなかで、「おまえさん」と呼んだ。男は崎島に間違いない。

彦次は玄沢と八吉のいる場にもどると、

「いやす、崎島が！」

すぐに声高に言った。

「崎島ひとりか」

玄沢が身を乗り出して訊いた。

「女も一緒でさァ」

「いずれにしろ、崎島を外に呼び出して討とう」

玄沢が意気込んで言った。

彦次、玄沢、八吉の三人は、崎島と女のいる家にむかった。そして、戸口近くまで来ると、彦次が、

「あっしが崎島を外に呼び出しやす。旦那たちは、家から見えないところに身を隠していてくだせえ」

そう言い残し、ひとりで崎島のいる家にむかった。

一方、玄沢と八吉は、足音を忍ばせて隣の家との間に行って身を隠した。そこで、崎島を待つのである。

彦次が崎島の家の戸口まで行くと、家のなかから女と崎島のやり取りがはっきりと聞こえた。女は「おまえさん」と呼び、崎島は「おこう」と呼んだ。女の名は、

おこうらしい。

彦次は、戸口の腰高障子をあけた。土間につづいて座敷になっている。その座敷に崎島と年増の姿があった。

崎島は湯飲みを手にしていた。茶を飲んでいたらしい。年増は脇に座していた。崎島の情婦のおこうである。

「なにやつだ！」

崎島が、傍らに置いてあった大刀を引き寄せた。おこうは驚いたような顔をして、彦次を見据えている。

「彦次ともうしやす」

彦次は、隠さず名乗った。

「どこかで見たような顔だが、おれに何の用だ」

「表に出てくだせえ。崎島の旦那の首をいただきてえんで」

彦次が、崎島を見据えて言った。その双眸が刺すようなひかりを放っている。

「何、おれの首をいただきたいだと！」

崎島は驚いたような顔をしたが、すぐに薄笑いを浮かべ、

「おまえが、おれの首を取るというのか」

と、揶揄《やゆ》するように言った。

「へい、旦那の首をいただきやす」

そう言って、彦次は後退った。

「おもしろい。おれがおまえの首を取ってやる。その首を眺めながら、一杯やるとするか」

崎島は大刀を手にして立ち上がり、座敷から土間へ足をむけた。

彦次は素早い動きで戸口から離れ、家の前から遠ざかった。

崎島は彦次から少し遅れて家から出てきた。

そのとき、隣の家との間から玄沢が姿をあらわし、

「崎島、わしが相手だ！」

と、声高に言った。

八吉は、隣の家との間に身を隠したままである。

「貴様か！」

崎島が叫んだ。

「今日こそ、始末をつける」

玄沢は、刀の柄に右手を添えて抜刀体勢をとった。

「ここで、おぬしを斬る！」

崎島は抜刀した。

すかさず、玄沢も刀を抜いた。

すでに、玄沢と崎島は真剣で立ち合ったことがあったので、ふたりとも相手の腕のほどは分かっていた。

4

玄沢と崎島の間合は、およそ二間半――。真剣勝負の立ち合いの間合としては、すこし近い。

玄沢は青眼、崎島は八相に構えている。ふたりが、以前立ち合ったときと同じ構えである。

ふたりは対峙《たいじ》したまま動かなかった。全身に気勢を漲《みなぎ》らせ、斬撃の気配を見せている。気攻めである。

そのとき、崎島の家の腰高障子がすこし開き、おこうが顔を出した。崎島のことが心配で様子を見に来たらしい。

障子の開く音で、玄沢と崎島が動いた。

「行くぞ！」

崎島が声を上げ、一歩踏み込んだ。

「おおっ！」

ほぼ同時に、玄沢も踏み込んだ。

ふたりは一気に一足一刀《いっそくいっとう》の斬撃の間境を越えた。ふたりの全身に斬撃の気がはしり、裂帛《れっぱく》の気合と同時に斬り込んだ。

玄沢は青眼から真っ向へ。鋭い斬撃だった。

一方、崎島は八相から袈裟へ。

真っ向と袈裟。ふたりの刀身が眼前でぶつかり合い、甲高い金属音とともに青火が散った。

次の瞬間、ふたりは後ろに跳んで大きく間合をとった。そして、ふたたび青眼と八相に構えて対峙した。

「次は、仕留める！」

言いざま、玄沢は青眼から八相に構えなおした。

八相と八相――。

ふたりは二間半ほどの間合をとったまま動かず、全身に気勢を込めて、気魄で敵を攻めた。

そのとき、崎島の背後にいたおこうが足踏みしたらしく、下駄の音がした。その音で、玄沢と崎島の両者に斬撃の気がはしった。

ほぼ同時に、ふたりは大きく踏み込み、裂帛の気合を発して斬り込んだ。

ふたりとも、八相から袈裟へ――。

ふたりの刀身が眼前でぶつかり合った瞬間、ふたりはほぼ同時に背後に跳びざま、二の太刀をふるった。一瞬の太刀捌きである。

玄沢は崎島の左腕を狙って突き込むように斬り込み、崎島は刀身を袈裟に払った。

崎島の切っ先は空を斬り、玄沢の切っ先は崎島の左肩をとらえた。次の瞬間、玄沢と崎島は背後に大きく跳んだ。ふたりとも敵の次の斬撃を恐れたのである。

ふたりの太刀筋は以前立ち合ったときと、あまり変わらなかった。それでも、玄沢の切っ先が崎島の左肩をとらえたのは、以前と違って、玄沢が切っ先を大きく前に突き出したからだ。

ふたりは大きく間合をとって、手にした刀を構え合った。

玄沢はさきほどと同じ青眼に構えた。

対する崎島は上段に構えた。小袖の左肩が血に染まっている。玄沢の切っ先が崎島の左肩を斬ったらしい。ただ、それほどの出血ではなかった。

崎島の頭上にとった刀の切っ先が、天空を突くように垂直に立っている。その刀身が小刻みに揺れていた。左肩を斬られたことで、左腕に力が入り過ぎているのだ。

……崎島は、捨て身でくる！

と、玄沢はみてとった。

崎島は左肩を斬られたことで、捨て身の勝負に出るようだ。

玄沢は青眼に構えた刀の切っ先を、上段に構えた崎島の左拳《ひだりこぶし》にむけた。上段に対応する構えをとったのだ。

ふたりの間合は、およそ二間半——。

上段に対応するためには間合がすこし近かったが、玄沢はその場に立って動かず、崎島が仕掛けるのを待っていた。

ふたりは、青眼と上段に構えたまま動かなかった。全身に気勢を漲らせ、気魄で攻めている。

どれほどの時間が経ったのか、ふたりには時間の経過の意識がなかった。

ふいに、崎島が動いた。左肩を斬られたこともあって、対峙していることに耐えられなくなったらしい。

崎島は上段に構えたまま一歩踏み込むと、イヤアッ！　と裂帛の気合を発して斬り込んだ。

上段から真っ向へ——。

咄嗟に、玄沢は右手に体を寄せざま刀身を横に払った。

崎島の切っ先は玄沢の左肩をかすめて空を斬り、玄沢の切っ先は崎島の左の二の腕をとらえた。

崎島は前によろめき、玄沢との間合があくと、足をとめて反転した。そして、手にした刀を玄沢にむけようとした。だが、刀身がワナワナと震え、構えをとることもできなかった。玄沢の一撃が崎島の左の二の腕を斬り裂いたのだ。

「崎島、勝負あったぞ。刀を引け!」

玄沢が声をかけた。

「まだだ!」

叫びざま、崎島が斬り込んできた。

踏み込みざま真っ向へ——。

だが、速さも鋭さもない。ただ、刀を振り上げて、振りおろすだけの斬撃だった。

玄沢は右手に体を寄せて崎島の切っ先を躱しざま、手にした刀を袈裟に払った。

一瞬の太刀捌きである。

玄沢の切っ先が、崎島の首をとらえた。

崎島の首から激しく血が飛び散った。玄沢の切っ先が崎島の首の血管《ちくだ》を斬ったらしい。

崎島は血を撒きながらよろめき、足がとまると、腰から崩れるように転倒した。

地面に俯せに倒れた崎島は顔を上げることもできなかった。首からの出血が崎島の体を赤い布で包むように地面に広がっていく。

崎島は苦しげに荒い息を漏らしていたが、いっときすると体から力が抜け、息の音が聞こえなくなった。死んだようだ。

玄沢は血刀を引っ提げたまま、倒れている崎島の脇に立った。そこへ、彦次と八吉が駆け寄った。

「玄沢の旦那は、強《つえ》えなァ！」

八吉が感心したように言うと、

「さすが、旦那だ！　崎島も旦那の相手じゃァねえ」

彦次が感嘆の声を上げた。

玄沢は苦笑いを浮かべて、崎島の家の戸口に目をやった。崎島の情婦のおこうが戸口に立っていた。

おこうは青褪めた顔で、地面に倒れている崎島や玄沢たちに目をやっている。

「おこう、崎島を葬ってやれ」

玄沢はそう言い、彦次と八吉に声をかけ、三人で崎島の遺体を戸口近くまで運んだ。遺体をその場に置いたままでは通りの邪魔だし、女のおこうには、遺体を家の近くまで運べないだろう。

おこうは玄沢たちが近付くと家のなかに身を隠したが、戸口近くにいるらしく微《かす》かに息の音が聞こえた。

玄沢たちは何も言わず、遺体を戸口まで運ぶと、その場を離れた。すると、背後でおこうの悲鳴が聞こえた。崎島の遺体を目の当りにしたのだろう。

玄沢たちは振り返らなかった。崎島が住んでいた家から足早に離れていく。

5

彦次は長屋の自分の家で朝餉を終えると、

「玄沢さんの家に顔を出してから、仕事場に行く」

そう言って立ち上がり、戸口近くに置いてあった道具箱を担いだ。

「おまえさん、今日も仕事なの」

おゆきが戸口近くまで来て、彦次に訊いた。

玄沢が崎島を討ち取って三日経っていた。翌日から、彦次は仕事に行くと言って道具箱を担いで家を出たのである。

「ああ、玄沢さんに話があるんで、立ち寄ってから仕事場に行くつもりだ」

彦次は戸口から出ると、玄沢の住む家の方に足をむけた。

空が雲に覆われ、辺りは夕暮れ時のように薄暗かった。長屋もひっそりと静まりかえっている。

玄沢は家にいた。ひとりで茶を飲んでいる。朝餉を終えて間もないらしく、座敷には箱膳《はこぜん》が置いてあった。

玄沢は彦次を目にし、

「彦次か。上がってくれ」

と、声をかけた。

「それじゃァ、遠慮なく」

彦次は担いでいた道具箱を土間の隅に置いてから、座敷に上がった。

「八吉親分はまだですかい」

彦次が訊いた。今日は、八吉が玄沢の家に来ることになっていたのだ。八吉は、権造の賭場や隠れ家がその後どうなったか、見るために堀川町に行くことになっていたのだ。

「そろそろ来るだろう。どうだ、一杯やりながら八吉が来るのを待つか」

「八吉親分が来てからにしやしょう」

「そうか。……茶を淹れるか」

玄沢はそう言って腰を上げると、流し場から湯飲みを持ってきた。そして、座敷に置いてあった急須で、彦次に茶を淹れてくれた。

彦次たちが茶を飲みながらいっとき待つと、戸口に近付いてくる足音がした。足音は戸口でとまり、

「玄沢の旦那、いやすか」

と、八吉の声が聞こえた。

「いるぞ。入ってくれ」

玄沢が声をかけると、すぐに腰高障子が開いた。

姿を見せたのは八吉である。八吉は土間に入ってくると、

「ふたり、一緒ですかい」

と、彦次に目をやって言った。

「その後どうなったか、八吉から聞こうと思ってな。彦次とふたりで待っていたの

だ」

　玄沢が言うと、彦次がうなずいた。

「ともかく上がってくれ」

　玄沢は腰を上げ、八吉のために流し場から湯飲みを持ってきた。

　八吉は座敷に上がり、彦次の脇に腰を下ろした。

　玄沢は八吉に茶を淹れてから、

「堀川町に行ってくれたのか」

　と、訊いた。

「行ってきやした」

　八吉は膝先に置かれた湯飲みに手を伸ばした。

　玄沢は八吉が茶で喉を潤すのを待ってから、

「どうだ、堀川町の様子は」

　と、八吉に目をやって訊いた。

「権造の隠れ家を見てきたんですがね。だれもいないようで、ひっそりとしてやした」

「子分たちの姿もなかったのか」

「へい、戸口は閉まったままで、ちかごろ人が出入りした様子はなかったが、念のため近所で訊いてみたんでさァ」

「それで」

玄沢が、話の先をうながした。

「やはり家の戸は閉まったままで、ちかごろ出入りした者はいないそうで」

八吉が玄沢と彦次に目をやって言った。

彦次は何も言わず、ちいさくうなずいた。

「賭場も見てきたのか」

玄沢が訊いた。

「見てきやした」

「だれかいたか」

「賭場はしまったままでさァ。……賭場のことも、近所で訊いてみたんですがね。ちかごろ賭場になっていた家に近付く者はいないそうで」

「そうか、権造の子分たちも姿を消したとみていいな」

玄沢は、膝先に置いてあった湯飲みに手を伸ばした。

それまで黙って玄沢と八吉のやり取りを聞いていた彦次が、

「これで始末がついた。長屋に手を出す者もいなくなったわけだ」

と言って、ほっとした表情を浮かべた。

「どうだ、一杯やるか」

玄沢が彦次に顔をむけて訊いた。

「あっしは仕事に行くと言って家を出てきたもんで、ここで一杯やるのはどうも……」

彦次が戸惑うような顔をして言った。

すると八吉が、

「どうです、あっしの店で一杯やりやすか」

と言って、彦次と玄沢に目をやった。

「そうだな、八吉の店に行くか。肴はあるし、気兼ねなく飲めるぞ」

玄沢が声高に言った。

「そうしやしょう」

彦次も仕方なく承知した。

彦次、玄沢、八吉の三人は、腰高障子を開けて外に出た。

雲の間から陽が射していた。朝の陽が彦次たち三人を照らしている。三人は陽射しのなかを長屋の路地木戸にむかって歩きだした。

この作品は書き下ろしです。

飛猿彦次人情噺《とびざるひこじにんじょうばなし》

長屋《ながや》の危機《きき》

鳥羽亮《とばりょう》

令和2年12月10日　初版発行

発行人――石原正康
編集人――高部真人
発行所――株式会社幻冬舎
〒151-0051東京都渋谷区千駄ヶ谷4-9-7
電話　03(5411)6222(営業)
　　　03(5411)6211(編集)
　　振替00120-8-767643
印刷・製本―図書印刷株式会社
装丁者――高橋雅之

幻冬舎時代小説文庫

ISBN978-4-344-43045-7　C0193　と-2-44

幻冬舎ホームページアドレス　https://www.gentosha.co.jp/
この本に関するご意見・ご感想をメールでお寄せいただく場合は、comment@gentosha.co.jpまで。